おいしいベランダ。
午前10時はあなたとブランチ

竹岡葉月

JN054747

レシピページ・イラスト　おかざきおか

おいしいベランダ。
午前10時はあなたとブランチ

竹岡葉月

富士見L文庫

contents

隣にいる人。隣で暮らしていた人。たぶん、これからもずっと一緒の人。

一章　まもり、新入社員と二の腕の憂鬱。

　鏡よ鏡、鏡さん。

　フィッティングルームの姿見に映ったのは、真っ白なドレスに身を包んだ自分の姿だった。

　上半身は大きな襟がついた、オフショルダーのドレスだ。肩と鎖骨が綺麗《きれい》に見える。ウエスト部分で一回きゅっと絞ってから、鳥かごのようなパニエに沿って、スカート部分が大きく広がっていた。こういうのは童話のお姫様などになぞらえて、プリンセスラインと呼ばれているらしい。後ろで結んだサッシュのリボンと、長い長い裾が一体となって、船の航跡のようにまもりの背面へと流れていた。

　いやはや——体に対してこんなに大量の布を身にまとうのは、非日常すぎて落ち着かない。これは自分が着ていいものなのだろうか。

「いかがですか、奥様。バックライン重視で、素材は全てミカドシルク。大変お似合いですよ」

——おくさま。

着付けを手伝うドレスショップの担当者が、大変品のいい笑顔でまもりを褒めた。

(あー)

そんなにかしこまって呼ばれるたまですかと思ったが、今日は一応連れもいるし、実際まもりは三ヶ月前に婚姻届を出した既婚者であった。入籍済みかどうかは、初回の試着でとっくに知られている。

耳も目も慣れなくてこそばゆいのは、まあ自分の問題なのだろう。

今のところ嫌な気分ではないのが、救いといえば救いである。

まもりは鏡の前で、軽く身をよじってみた。

「……オフショルで腕の一番太いところが隠れるのが、特に気に入りました」

「またまた。奥様はお若いんですから、もっと大胆に肌見せをしてしまっても大丈夫だと思いますよ」

「肌だけじゃなくて、お肉も見えちゃいますから」

「ま」

まもりの自虐を、担当者は冗談と思ったのか、ころころと笑って受け流した。

別に冗談じゃないんだけどなあ、とまもりは思う。

「やっぱりお式となりますと、最初からチャペルで洋装にしようと思われたんですか？　和装には興味なし？」

「興味がないというか……着物は成人式と卒業式で着たばっかりなんで、しばらくいいかなって……」

「ほらもう、本当にお若い。素敵な花嫁様になりますね。ご覧になってください——こうやってベールやアクセサリーを合わせてみますと、また雰囲気が変わりますよ」

担当者はそう言って、まもりのショートボブの髪と、大きく開いた首元に、ベールとネックレスを付けてくれた。

マネキンのように思っていた鏡の自分が、それでぐっと引き締まって人間らしくなった気がした。現実にいる花嫁さんに近づいたというか。

おお。なかなかこれは、いけているのではないだろうか。思ったより悪くないぞ。

「旦那様にも見ていただきましょうか」

「……お、お願いします」

担当者が、その場でフィッティングルームのカーテンを開けた。

「亜潟《あがた》様。奥様の準備が調いましたよ」

清潔な白を基調にしたサロン風の部屋の、二人がけの長椅子に腰を下ろしているのが、まもりの夫。亜潟葉二《ようじ》だ。

仕事以外ではいつもかけている黒縁眼鏡のかわりにコンタクトレンズをはめ、私服もアイロンの効いた白シャツにグレーのパンツと、今日の彼は比較的小綺麗《こぎれい》である。

さきほどまで新郎が着るタキシードを選んでいたのだが、その時も裾を目一杯出して詰める必要がないと太鼓判を押された手足の長さを、遠慮なく見せつけてくれていた。当人にそんなつもりは毛頭ないだろうが、素でここまで絵になる男というのもずるいのではないだろうか。

(花嫁の立場ないよなあ)

まもりの『旦那様』は、結婚しても大変見かけがいい人でした。そう、見かけに関しては文句のつけようがないのである。

「どうかな、葉二さん。こういうのとか、変じゃない?」

まもりが呼びかけると、葉二は手持ち無沙汰でめくっていたカタログから手を離した。男性的に整った切れ長な目を、真剣に細める。

「……いいんじゃないか?」

「ほ、ほんと?」

「おまえの顔色にも合ってるし、三割増し上品に見える。俺は好きだ」

リンゴンと、頭の中で鐘が鳴った気がした。これは合格のようだ。

結婚式の準備自体は、お互いが練馬《ねりま》と神戸《こうべ》に分かれていた頃から進めていた。その時は両家の希望や、遠距離による余裕のなさからすれ違い、最後はまもりが潰れる寸前まで行って仕切り直しとなった。

三月に籍を入れて、まもりが神戸に越して来てから、またあらためて会場探しから始めているが、一緒に考える葉二が、前より身を入れている感じなのが嬉《うれ》しい。感想を言うにしても具体例があるのがいい。

(上品かー。もうこれに決めちゃおうかなあ)

思いがけないお褒めの言葉に、気を良くするまもりであるが——。

「ただまあ自力で歩き回るには、まったく向いてねえよな、その服。イギリス王室の結婚式じゃねえんだから」

——う。

言われたまもりは、黙って自分が着ているドレスに視線を落とした。

白いドレスの裾は長く、特にバックスタイルが非常に長く作られたロングトレーンドレスというもので、床を引きずらずに歩くことは不可能であった。大聖堂の挙式にも耐える格式の高さである。

対してまもりたちが目指したのは、親しみやすくカジュアルなガーデンウエディングなのだ。格式とは正反対の方向性。挙式後のパーティー会場も、すでにその方向でおさえてしまっている。

ああ本当に、具体例のある指摘が身に染みるぜ。

まもりはドレスのスカートを握りしめたまま、なんとか口を開いた。

「だって……着てみたかったんだもん！　これすごい可愛《かわい》かったし！　前はお母さんたちだけで決めちゃって、口挟む隙なかったし！」

「バカ。だからって無駄弾撃つなよ。試着なんてそう何度もできねえんだから、必要なものだけ着て試せって」

「え。でも葉二さんも思わない？　チャペルでバージンロード歩くなら、ロングで裾引きずってなんぼでしょ。ぶわーって床にレースが透けてこそっていうか」

「じゃ、挙式と披露宴で着替えるのか？　おまえが一着でいいって言ったんだぞ」

そうだ。確かに言った。仰々しいのは好きじゃないし、一回白紙にしたキャンセル料も気になるので、まとめられるところはまとめようとこの口が言った。お利口さんでいい子ちゃんの口だ。

しかし、ガーデンウエディングに向いた軽くて丈の短いドレスは、機動性と引き換えに情緒や希少性といったものも失われているような気がするのだ。お式のスペシャル感が足りないと言うか。

（着てみなきゃわかんないものって、あるじゃないのよー）

葉二が顎に手をあて、思案げな顔をする。

「ドレス二着、予算内におさめるなら……飯のランク落とすか」

「そ、それだけは！　それだけは許しちゃいけねえ気がしますだ旦那様」

「旦那の意味合いが違って聞こえるな」

「あの、亜潟様。奥様に旦那様も」

ここまでの試着で、葉二の口の悪さもまもりの図太さも承知している担当者が、控えめに割って入った。

「ご提案があるのですが、こちらのドレスはいかがでしょう」

彼女はその手に、新しいウエディングドレスを持ってきていた。

上半身は真っ白いシルクの糸で刺繍《ししゅう》が全面に入り、スカート部分は薄いチュールのフリルを何段にも重ねてボリュームを出したティアードタイプのようだ。後ろも長く裾を引くデザインで、傾向としては今着ているドレスとそう変わらない。

「あ、可愛い」

「でも、それもかなり引きずるやつですよね。挙式はともかく、披露宴の場所がそんなに広くないんですよ」

「存じております。だからこその提案です。こちらのスカート部分がですね、オーバースカートとして取り外しができるんです」

担当の女性は、まるで舞台の早変わりのようにウエスト周りに手をやって、スカートを身頃から分離してしまった。

（こ、これは……！）

そして取り去ったスカートの下から、また新しいスカートが出てくるのである。

こちらも白いチュールのティアードドレスなのは一緒だが、丈はぐっと短いミモレ丈である。

横で葉二も、「よくできてるな」と感嘆の声をあげたぐらいだ。なんというギミック満載の必殺技か。

担当者の目が、手応えを得たりとばかりに輝いた。長年ブライダルのドレスコーディネーターとして、数々の難問をクリアしてきた矜持《きょうじ》だろう。

「披露宴のお色直しや、二次会で雰囲気を変えたいというお客様にお勧めしております。

ご試着されますか？」

「お願いします！」

「行ってこいまもり」

葉二にまでけしかけられた。

再びフィッティングルームのカーテンが閉められ、まずは今着ているロングドレスを脱いでから、問題のドレスを試着する。

しかし、いざドレスを身につけようとしたところで、まもりは『はた』と我に返ってしまった。

「いかがされました？」

「……このドレス、袖……ないんですね……」

いわゆる肩紐《かたひも》すらない、ビスチェタイプ。腕も肩も、隠すものがない丸出しなデザインなのである。

担当の女性が、初めて少し困り顔になった。

「ええ。奥様のご希望が、できるかぎり上半身をカバーできるデザインであることは存じております。ですが、今お困りの問題を解決するには、このドレスが一番かと」

「わかります。わかります……！」

東京《とうきょう》での試着で、ノースリーブは不評だったことが多くて心配なだけだ。まもりは一抹の不安を飲み込んで、中断していた試着を再開した。

えいやとドレスを体におさめたら、後ろの紐を担当者に締めてもらう。これがまたぎりぎりと力強い。

「け、けっこうきついですね」

「ビスチェは正しく身につけないと、ずれますから」

原理はコルセットと一緒のようだ。息を吐いたところで固定されてしまったが、我慢するしかない。

ミモレ丈のドレスは、やや後ろの裾が長めだったが、それでも歩き回るのに問題はなかった。

しかし何よりこのドレスの本領は、合体ロボなみの変形だろう。付属のオーバースカートをかぶって留めると、あっという間に優雅なロングトレーンのドレスに早変わりするのである。

（へえ、ほんとに雰囲気が違って見えるや）

着せてもらってから、鏡の前でひたすら感心してしまう。モダンからクラシックへ。とても一着のドレスを着回しているとは、思えない。

「どうだ？」

足下に広がる裾を、担当者が膝をついて整える中、葉二の声がする。

まもりは、頼んでカーテンを開けてもらった。

「大丈夫。入りはしたよ」

「動けそうか？　裾踏んでこけたりしないな？」

「うん、ミモレの方ならその心配はないと思う」

「そうか。デザインも悪かねえと思うし、あと問題があるとするなら――いや、なんでもない」

葉二は、珍しく言葉を濁した。が、まもりは彼が何を言わんとしているか分かったような気がした。この場合は、言わないことが具体的な指摘だ。

ゆっくりと、己の右腕を持ち上げる。

むき出しの二の腕が、重力に従いたぷんと揺れた。

きつく締め上げてもらったビスチェの上の背中も、なんだかお肉が余っている感じがするし。

「まもり。俺はおまえを信じているぞ。最終的に決めるのはおまえだ」

「今でも充分お似合いだと思いますが、どうしてもあともう一歩、より高みを目指されたい場合は、ボレロや付け袖を足すという手もございますよ」

余計な励ましや忖度《そんたく》など無用だ。ハミ肉がやばいのは見ての通りだし、この型のドレスで余計なアイテムを盛るのは敗北、というか冒瀆《ぼうとく》でしかない。

ああ、やっぱりか。東京でドレスを決めた時も、こういうのはまもり向きじゃないと、暗に避《よ》けられてきたのだから。

まもりは悩んだ。

現時点で着こなせていないのだから、おとなしく負けを認めて服を脱ぐか。あるいは——。

「……担当さん」

「はい。なんでございましょう」

「どうかイエスと言ってください。人間なんて肉と脂肪の塊。いくらでも形を変えられるって」

「最近のブライダルエステは、すごいですよ。割引クーポンもご用意しております」

担当の女性の回答は、力強かった。

「——わかりました。痩せます。痩せてみせます。仮予約——いえ、本契約でお願いします！」

「かしこまりました！」

他のドレスでは駄目なのだ。

まもりは腹をくくって申し込みをし、葉二とともに当日の衣装をゲットしたのだった。

ドレスショップの担当女性は、店の出入り口までまもりたちを見送ってくれた。

「どうぞお気を付けてお帰りください」

ありがとう、担当さん。今日のこの決断が、後に蛮勇と言われることがないよう祈っていてください。

「——というかな、まもり。おまえの場合、痩せるっつーよりは筋トレじゃねえのか。引き締めりゃいいわけだろ」

「どっちもやりますよ。本番まで三ヶ月はあるんですから」

「直前まで絞り過ぎると、今度はずり落ちて脱げるらしいぞ」

「ひいい」

くだらなくも恐ろしい話をしながら店を出ると、表はまだ雨だった。

今は六月の下旬で、梅雨前線が活発なまま、日本列島全体に居座っている。霧吹きをかけたように小雨《こさめ》に濡《ぬ》れたパーゴラと石畳の小道が、同じ建物の反対側にある植物店の入り口に続いていた。

あちらの店では商品の観葉植物を見ながらお茶も飲めるそうで、なんとなく練馬の六本木《ろっぽんぎ》園芸《えんげい》を思い出してしまう光景だ。

まもりが利用したドレスショップと隣接して、植物店が管理しているガラスの温室もあり、そこから少し離れて『北野《きたの》クラシック』の本館がある。

まもりは、持ってきた折り畳み傘を開いた。

「あらためて思いますけど、結婚式場の敷地《しきち》に植物店があるって、面白いですよね。ウェディングドレスのお店ならわかりますけど」

「俺にとっちゃ、順序が逆だったけどな。会社帰りに寄ってたグリーンショップが、式場もやってたんだよ」

ここは神戸《こうべ》三宮《さんのみや》の北、北野である。

葉二の職場『テトラグラフィクス』や、観光名所の異人館街などがあり、そこからさらに遊歩道を登った六甲山《ろっこうさん》の中腹に、『北野クラシック』と呼ばれる結婚式場があった。

自然を活《い》かした広い敷地の中に、チャペルや宴会場はもちろん、カフェや植物店も入っており、四月になっていざ式を挙げる場所を探そうとなった時、葉二が「そういやあの店、本体がウエディングなんちゃらとか言ってたな」と言いだしたわけである。

試しに見学を申し込んでみたら、本当にウエディングプランナーがいる結婚式場で、本館の披露宴会場や試食の料理も素晴らしいものだったが、何よりまもりの心を撃ち抜いたのは、植物店の隣にある温室が、パーティー会場に使えると知ったからだ。

そこはまさに『お庭が見えて』『ご飯がおいしくて』『ベランダにいるみたいな』という、まもりたちの希望にぴったりだったのだ。

収容人数は本館のそれより少ないと説明されたが、もともと招待客は遠方の人ばかりで、そう大勢は呼ばないつもりだ。二次会サイズなのは、なんら問題ない。それより植物店仕込みのグリーンであふれた温室の空気と、ガラス越しに見える六甲の山々の方が、ずっと素敵だろうと思ったのだ。

葉二とも意見は一致し、決まってしまえばあとは早かった。

挙式は本館内にチャペルがあったのでそこを使うことにし、同じ敷地にドレスショップも入っていたのでそこで服を調達しと、とんとん拍子にことが進んで今ここなのである。

温室の前を通ると、いつもは植物店のベンチでお茶を飲むカフェの客が、中のテーブルで歓談をしているのが見えた。

今日はパーティーやイベントが入っていないようだが、まもりたちの時はもっと花や緑で飾って、温室の中も外も賑《にぎ》やかになるはずだ。

「なーににやけてんだよ」

「え、そんなことないですけど。気のせいじゃないですか」

「じゃ、そのゆるんだ顔が地顔なのか。大変だな」

「むかつく」

軽口も、ある意味道筋が見えているがゆえの余裕なのかもしれない。ここにいたるまでが、本当に紆余《うよ》曲折《きょくせつ》ありすぎて大変だったから。旦那の脇腹にパンチを入れているうちに、裏手の駐車場に到着した。

「次来る時は、本館の方で打ち合わせか」

「ドレスとタキシードが決まったって、プランナーさんにメールしとかなきゃですね」

そのまま葉二が運転する車に乗り、のんびりお山の坂を下って灘《なだ》区《く》のマンションに帰宅したのだった。

ドレスショップでは、なんだかんだと下にも置かない丁重な扱いを受けたが、途中でスーパーに寄って日用品の買い出しをしたら、非日常のお姫様気分などすっかり抜け落ちてしまった。

「ただいまー」

「座るな横着もん。まずは生ものを冷蔵庫に入れろ」

これである。帰った早々、ソファに根を下ろそうとしたまもりに、葉二の鋭い突っ込みが飛ぶ。だがまもりの方が一歩早く寝転びを成功させてしまったため、向こうは渋々一人で荷物をしまいに行った。

そうなると自分だけぐうたらしているのも落ち着かないもので、しばらくしたら立ち上がってやることを探し出すのだから、世話なかった。

（洗濯物でも畳むか）

朝のうちにスイッチを入れておいたドラム式の洗濯乾燥機が、乾燥まで終えて仕上がっていた。中身を取り出して、リビングでテレビを見ながら畳んでいく。

いわゆる一人暮らしのお隣さん同士と、一つ屋根の下の同居では、シェアするものの量がまったく変わってくるわけで。

もともと葉二が先に住んでいたマンションで、二人で料理を作る時は葉二が主体になることもあり、なんとなく台所と冷蔵庫の管理責任者は葉二となっていた。水回りの手入れなども、葉二の方がまめだ。よってまもりはこうして洗濯と、それ以外の掃除や雑事をメインで引き受けることにしていた。

まもりたちはこれを『番長と子分方式』と呼んでおり、担当番長が頼めば子分は手伝わないといけないし、番長の代行をするのもありである。家計に関しても同様だ。なんでも完全折半するやり方もあるのだろうが、今のところ責任者を立てつつよろしくやる、ゆるいやり方に落ち着いていた。

共働きの奥さんとして、これが正解かはわからないが、就活で居候をしていた時から模索した結果である。

(葉二さんのジャージもさあ、絶対着たきりスズメだと思ってたんだよね)

いつ見ても同じ黒ジャージを着ているなと思っていたが、実は同デザインで何着もあることを知ったのは、こうして洗濯番長になってからである。びっくりだ。

「おーい、まもり。そろそろフェンネル収穫しちまおうと思うんだが」

そしてキッチンにいると思っていた葉二は、いつの間にかベランダに移動していた。

「あー、待って待って。わたしが行く時まで抜かないで」

まもりはよっこいしょと立ち上がり、畳み終えたタオルを脱衣場に持っていくと、その足でベランダに向かった。

お隣さんから同居になって、変わったこともあれば、変わらないこともある。

ベランダで野菜を育てることは、変わらないものの筆頭かもしれない。生きた植物は腐らない、冷蔵庫に入れるよりも長持ちするという観点から始まった、亜潟葉二のベランダ菜園計画は、神戸に場所を移しても絶賛継続中だ。

「まだ抜いてないですよね」

「ちゃんとあるだろうが、ほら」

葉二が指さしているのは、大型のプランターに植えたフェンネルというハーブである。和名は茴香《ういきょう》。金魚の水草を思わせる、細やかな葉を盛んに茂らせる点は、同じセリ科のハーブ『ディル』によく似ていた。葉の使い方も似ているようで、魚料理との相性が抜群らしい。

違いはフェンネルの方が香りが甘めで、何よりフローレンス・フェンネルと呼ばれる品種は根元の鱗茎《りんけい》が肥大し、それ自体が野菜のように食べられるというのだ。フェンネル・バルブやフィノッキオという名で、香草扱いの葉とは別の野菜として取り扱われることも多いという。

この話を聞いた葉二は、春先に肥大するタイプの種をまいて、せっせと水をやって育ててきたのである。

「本当にぶっとくなりましたねえ」

今、プランターのフローレンス・フェンネルは、草丈三十センチをゆうに超え、葉は旺盛に茂り、根元がカブか玉ネギのように膨らんでいた。

鱗茎が日に当たって変色しないよう、寄せていた土（軟白というらしい）も取り除いたので、真っ白くて瑞々《みずみず》しい球体があらわになっている。

「このまま引っこ抜くんですか？」

「いや。それじゃ隣を巻き込むから、根元から切るわ」

プランターを前に片膝をつく葉二が、むんずと茎をつかんで包丁を入れた。

ごりごりという音がし、

「ほい、収穫」

「キャッチ！」

すかさずキッチンザルを差し出し、土付きのフェンネルを受け止めるまもりである。

今回収穫したのは、植えた中でも一番生長が早いもので、まだ二番手や三番手が待っている。

「一個ぐらいは花まで咲かせて、種を取るといいかもな」

「来年もまく用ですか？」

「というか、種も料理に使えんだよ。フェンネルシードとか言って」

なんと。どこまでもお役立ちな子ではないか、フェンネルちゃん。ザルに入った白い子を、尊敬の眼差《まなざ》しで見てしまった。

「今日はとにかく、こいつを丸ごと食うのが目的なわけだ」

「もうこのまま作っちゃいますかね。お夕飯」

「それがいいかもな」

ずいぶん日も長くなっているが、時刻は午後の六時を過ぎていた。お腹《なか》もそこそこすいている。

まもりたちは、収穫したフェンネルとともにキッチンへ移動した。

「まずはフェンネルを洗って、鱗茎とそれ以外に分ける」

「わかりました。それはわたしがやります」

「終わったら鱗茎をみじん切り。粗めでいいから」

言われなくとも、まもりがやるとなんでも粗くなるからご心配なくだ。

鱗茎からのびる、セロリのように筋張った茎をぶつぶつと切り落としていったら、残りはますます玉ネギらしくなった。半分に切り、中心の固そうな芯を除いてから刻んでいく。

お行儀が悪いと思ったが、好奇心にかられ、一つかけらを口に入れてみた。

「……む。これは玉ネギというより、やはりセロリ味……からのふわっと漂うハーブ臭。

やっぱり風味は甘めですね」

「切った端から食うなよ」

「これ、サラダでもいけますよ。おいしいです」

しゃくしゃくとして、瑞々しい。加熱調理するのがもったいないぐらいだ。

葉二はその間にあさりを水洗いしてザルに上げ、さらに冷凍室から冷凍済みのジップロックを取り出した。

「……例のエビの殻ですね」

「ああ。刺身とフライ祭りにしたエビの殻だ」

「いい味してましたよね、エビフライにカルパッチョ……」

まもりはうっとりと、前夜の宴《うたげ》を思い出す。ご近所の商店街で特売だった有頭エビを使ったのだが、生食用だったので鮮度は抜群。もりもり食べたので、すでに頭と殻しか残っていない。

「だがしかし、頭と殻だけになっても出汁《だし》は取れる。こうだ！」

葉二はフライパンにエビの残骸を入れ、水分を飛ばすように空煎りしていく。

香りに焦げが混じって香ばしくなってきたら、そこにお湯を注いでしばし煮る。

「ザルにあけて漉《こ》せば、エビのスープができあがりときた」

「このままお味噌《みそ》足して飲み干したくなりますけど、それやっちゃ駄目ですよね」

「ああ、パエリアのベースにするからな」

なんとまもりたちは、パエリアを作ろうとしているのである。どや。

出汁を取ったフライパンを洗って、熱したオリーブオイルに鷹《たか》の爪《つめ》と、潰したニンクを入れて香りを出す。

「刻んだフェンネルくれるか」

「はいここに」

「こいつも炒《いた》める」

玉ネギの要領で、切ったばかりのフェンネルの鱗茎も投下された。

「で、しんなりしたら米も炒める。洗わねえでいいから、二合ぐらいくれるか」

「はいはい」

まもりは米びつから、二合ぶんのお米を提供した。

「リゾットもそうですけど、洗いませんよね基本。外国のお米料理って」

「そういうもんらしいな」

オリーブオイルでコーティングされた米は、熱でぱちぱち音をたてながら、しだいに半透明になっていく。

「味はここで付けちまう。塩とコンソメ、あとは臭み消しで酒をちょっと」

昨日のエビ祭りで飲んだ白ワインの残りを、軽く一回しして入れた。

「水……は、かわりにエビ出汁があるからな」

「行けー」

甲殻類パワーの旨《うま》みがたっぷりのスープである。量はお米の一割増しがこつらしい。

「あとは洗ったあさりと、フェンネルの茎部分を米の上に置くわけだ」

ちょっと筋張って固そうな茎部分を、香り付けに炊き込むつもりらしい。

殻付きのあさりと一緒にセットすると、蓋をする。沸騰したら火を弱め、三十分ほど炊けるのを待つことになった。

「今のうちに洗い物とか片付けるぞ」

「あ、洗濯物がまだ途中だった」

「おいおまえ」

葉二に呆《あき》れられたが、リビングに残していたジャージや部屋着類を、手早く片付けた。

おかげさまでまもりの通勤用ブラウスと葉二のワイシャツに、アイロンをかけることまでできてしまった。

——そして三十分後。

「どうですかね、葉二さん。具合のほどは」

「そろそろだ」

蓋をしたフライパンの前に立ち、葉二は真剣な目をしている。

さきほどまで聞こえていた、ぶくぶくと泡立つ音がなくなり、キッチン内は魚介系の良い香りだけがただよっている。

「じゃあ――」

「最後にもう一回だけ、強火にするぞ。そうするとお焦げができる」

「わかりました。お焦げは大事です」

葉二は蓋をしたまま火を強め、ぱちぱちと底が焦げる音を出してから、火を止めた。

「このまま蒸らしてる間に、テーブルの準備だ」

「了解！」

ダイニングテーブルの物を片付け、取り皿とカトラリーをセット。鍋敷きは中央へ。

「こちらＯＫです！」

「んじゃ行くぞ」

葉二が蓋ごと、フライパンをテーブルに持ってきた。

その場で蓋を開ける。

「どうだ」

「ブラボー!」

頭の高いところで、拍手喝采。

ほかほかと盛大な湯気が上がり、その中に殻が開いたたっぷりのあさりとハーブ、そしてエビのスープを吸ったご飯が炊き上がっていた。

「できたー、パエリアできたー。めっちゃいい匂い」

「あとは黒コショウ引いて、各自でレモンかけたらできあがりだ。あさりとエビのパエリア」

「正確にはエビ(出汁のみ)ですけどね」

まもりは笑いながら、レモン汁とミル付きコショウの瓶を取りにいった。

サフランなし、エビの身もなしの貧乏パエリアだが、かわりに採《と》りたてのフローレンス・フェンネルというお洒落《しゃれ》野菜が入っているのだから良しとしよう。

茎を除いてお皿に取り分けて、レモン汁と黒コショウをたっぷりかけて、最後に残っていたフェンネルの葉をのせたら、かなり華やかな一皿になった。

「よし、実食開始」

「いただきまーす」

まもりたちは、早速いただくことにした。

熱々のパエリアは、米の芯も残らずほどよい炊き上がりで、底には香ばしいお焦げもできているのが非常に嬉《うれ》しい。ここは葉二の技量に乾杯だ。

「……ん、思ったよりエビの味しますね！　殻の出汁だけなのに！」

「あさりも効いてる」

「そうそれ」

旨みがたっぷりの海の幸系ご飯に、フェンネルの甘さとさわやかな香りがまた合うのである。玉ネギやセロリとは、また違う味わいだ。レモンの酸味も相まって、どんどんスプーンを持つ手が進んでしまう。

「……エビもあさりもむき身の方が食べる箇所は多いんだが、いい出汁が出るのは殻付きなんだよな……悩ましいぜ」

「もうちょっと貰《もら》おう。お焦げのとこ欲しい」

葉二がシーフードの殻付き問題について悩む一方、まもりはしゃもじを駆使してパエリアを盛る。レモン汁と『追いフェンネル』をしてもりもり食べる。

「ディルよりフェンネルの方が、癖自体は控えめですかね」

「かもな」

「確か冷蔵庫に、さくらんぼがありましたよね」

「食いたきゃ自分で洗えよ」

「そうします」

まもりはキッチンに行ってさくらんぼを洗うと、ガラスの器に入れてそれもデザートとして出した。

——そして。

「はー、もう食べられない……お腹いっぱい……」

取り皿の上には、食べ終えたあさりの殻と、さくらんぼの種が山となっていた。

「あっという間の週末だったな……明日からまた会社か……やだなあ……」

「それはいいがな、まもり」

「ん？　なんです？」

「痩せようって話はどこに行ったんだ？」

実に冷静な指摘だった。

まもりは、膨らんだ腹をなでるのをやめ、考えた。

あらためてテーブルを見れば、なんということでしょう。フライパンのパエリアが半分以上なくなっている。明日の朝食とお弁当ぶんも作ったはずなのに、これはいったいどういうことだ。

お腹《なか》いっぱい米を食べ、デザートのさくらんぼもしっかり食べ、昨日はエビフライとカルパッチョで米を食べ（エビフライは揚げ物だ）、調子にのってワインまで飲んでしまった自分。

ああ本当に、現実ってやつは――。

「あっという間の週末だったな……明日からまた会社か……やだなあ……」

椅子の上でふて寝をするぐらい、ままならないことが多かった。

「逃避するな」

とりあえず、腹筋と腕立てをして、明日から本気出そうとまもりは思った。

＊＊＊

――ともあれ。まもりの食欲の増加が止まらないのも、半分はストレスだと思うのだ。

月曜。朝八時台の神戸《こうべ》線に揺られ、淀川《よどがわ》の向こう側にそびえる高層ビル群が近づいてくると、なんとも憂鬱な気分になる。

大阪駅の南口を出て、文具メーカー『マルタニ』の本社ビルに通うようになって、そろそろ三ヶ月がたとうとしていた。

まもりの机は、今のところ総務部人事課の端っこにある。

「おはようございます！」

「……はいおはよう」

始業十五分前には到着しているようにしているが、それより前に必ずいるのが課長の笠《かさ》原《はら》だ。今も机を集めた島のお誕生日席で、コーヒー片手に『将棋世界』を読んでいる。四角い顔にごま塩頭の、木訥《ぼくとつ》とした雰囲気のおじさまである。

ぺーぺーとしてももっと早く来た方がいいかと思ったが、当人いわく「私はここで朝ご飯食べてるから、無理しなくていいよ」とのこと。自宅が滋賀《しが》の方にあるらしく、早朝の電車で大阪に着いて朝活しているそうだ。以来お言葉に甘えて、二番目以下をうろうろしてしまっている。

パソコンの電源を入れていると、他の課員も出勤してくる。

「おはようございます、伊藤《いとう》さん」

「亜潟さんもおはよう」

まもりの名を呼んで、にっこり微笑《ほほえ》み返してくれたのは、夜会巻きが似合う年齢不詳の美女、伊藤だ。課では中途と新規の採用を担当していて、まもりに勝利の電話をしてくれた人という意味で印象が強い。裏を返せば他のプライベートはほぼ謎に包まれおり、強いて言うならすれ違うと良い匂いがする人だ。

その次にやってくるのが、大抵は杉丸《すぎまる》。

三十二歳の時短ワーキングマザー。朝は毎回戦争らしい。

「あー、今回は危なかったわ。マジで遅刻するかと思った」

「何かあったんですか?」

「チビが出がけに牛乳パックひっくり返しちゃってさー、一リットルだよもー」

旬のオフィスカジュアルでさっそうと現れ、引き出しに入れたヘアクリップで髪を束ねるのが格好いいのだが、たまに肘のあたりにアンパンマンのシールが貼ったままだったりする。

(大変だなあ、お子さん育てるの)

元は営業畑で、かなりの好成績をおさめていたそうだ。育休明けに総務部へ異動となり、今はまもりの教育係的なこともしてくれていた。

「亜潟さんは、土日どうだった? ドレスの試着しに行ったんでしょ?」

「なんというか……とにかく痩せなきゃ！　って思いました」

「ははは。私の時は、鍼《はり》が効いたよめちゃくちゃ」

「は、鍼ですか⁉」

「そう。紹介しようか？　インド人でヒンディー語と中国語しか通じないけど」

なんだそれは。うさんくささしかないぞ。

「いやでも、効くなら……うーん……」

まもりが頭を悩ませていると、背後を白髪の老人が通り過ぎていった。

彼は定年後嘱託で働いている古老、大石《おおいし》だ。年代物のアタッシュケースを机に置いて、音もなく着席する。

思い返せばおはようございますと言う言葉も聞いたような気がするが、風が木を揺らすがごとく、空調の振動と一体化していた。

人事課のメンバーは、これで全員だった。お隣の島にある総務課とセットで、マルタニの総務部門を構成している。

週の初めの月曜ゆえ、朝礼で田中《たなか》総務部長の落語のようなトークを拝聴するのも忘れてはいけない。

「えー、まだまだ梅雨空で鬱陶しい季節ですが、今週も一つよろしくお願いしますよ。梅雨と言えばまず思い出すのは──」

さあ、業務開始だ。

もともとフロントよりは、バックオフィスで働きたいと思っていたし、研修明けに人事課への配属を聞いた時は、希望はかなったと思ったものだ。

しかし、現実として自分が使い物になるかどうかというのは、また別な話なのである。

「──亜潟さん、亜潟さん。ちょっといい？」

業務開始後、三十分。隣の席の杉丸が、小声で名を呼んでくるとぎくりとする。

「な、なんでしょう」

「これね、金曜にやってくれた給与計算のぶんなんだけどね。この人はもう引っ越ししてるから、交通費が間違ってる」

今は教育係の彼女が、こうやってまもりのやることなすこと全てにダブルチェックを入れてくれるからいいが、もしなかったらえらいことになっているに違いない。

「すみません。気をつけます」

「まだあるよー。こっちは介護保険料の徴収忘れ」

　ひい。

『満四十歳の誕生日』の前日から徴収するから、一日誕生日の人は要注意。その前の月から徴収するって説明したよね」

「はい、聞いています。うっかりしていました」

「一個直ると一個ミスるね、君は。日替わりランチか」

　返す言葉もないというものだ。まもりは小さくなるしかなかった。

「申し訳ありません……」

「恐縮するより前に、ちょっとでも数を減らしていこう。とりあえず、今言った箇所を訂正して、残りもやってまた見せて。落ち着いてね」

「わかりました……」

「じゃ、私は健保組合の人と、打ち合わせしてくるから」

　杉丸はタブレットとファイルを持って、社外のミーティングに行ってしまった。

　他の人たちは大人なので、向かいの席の伊藤を含め、まもりが失敗しようが何をしようが、顔を上げもしない。ある意味日課になってしまったのかもしれない。

　まもりは自分の椅子に座り直し、駄目出しをされた給与計算の画面を開いてみた。

　こうして言われてみればすぐに気づけることなのに、どうして提出前にわからないのだろう。

(事務とかむいてないのかな、実は)

ため息が出てくる。

ここで計算した数字をもとに、経理課の人がお給料を振り込むのだから、万に一つも間違いがあってはいけない。それはよくわかっているのだ。

インターンシップで、総務を含めた事務の真似事《まねごと》もさせてもらったが、あれは本当にお客さん向けの体験版だったのだと思う。社員の給料や人事評価に関わるようなセンシティブな部分は、もちろん触らせてもらえなかった。

履歴書の長所欄には大らかで柔軟性があると書いてきたが、細かいところが気にならない目は致命的ではないだろうか。

とにかく言われた通り、勤怠データと照らし合わせながら、目の前の計算画面と取っ組み合いを続けるしかなかった。

(……あれ、これ、どうやって処理するんだったかな……)

一時間後。少々引っかかる問題が出てくる。ここまで自分でメモしてきたノートをひっくり返し、なんとか対処法の記述を発見。安心して作業を続ける。

「笠原課長。十一時から中途採用予定者の面接です。A会議室で」

「わかった。それじゃ、行きましょうか」

さらに三十分後、前回の上を行く難題に突き当たった。

（……だ、だめだ）

今度こそ無理だと思った。メモ書きやマニュアルを逆さに振っても、グーグル先生に聞いてみても、解決の取っかかりすら出てこない。お手上げだ。

泣きたい気分で顔を上げると、いるのは古老の大石だけだった。

「すいません大石さん……どうしてもわからないところがあって……教えていただけませんか」

「……わからないの？　それは困ったね」

大石は白くふさふさした眉を下げると、立ち上がってまもりのデスクにやってくる。

「私にわかることならいいけど。何がわからないの」

胸ポケットの老眼鏡をかけ、まるで孫に問うように訊《き》いてきた。

「このボックスのチェック、付けたままでいいと思いますか」

「……んー、いいんじゃないのかねえ」

いいのか。本当だな。

「まあ、どうしても心配なら、後で杉丸君に見てもらうといいよ」

「はい、ありがとうございます」

「それじゃ、ちょっと私も失礼しますよ」

後半は画面の修正に釘付《くぎづ》けだったため、相づちも半分上の空だったかもしれない。

必死に、かつ無心に作業を続けていた。

「――ねえ、そこのあなた」

なんだ。あとちょっとだけ待ってくれないか。今いいところで、これさえクリアできればかたがつきそうなのだ。

「あなた。聞こえているの？」

「へっ」

没頭しているところにいきなり肩を引っ張られて、変な声が出た。しかも相手が眉をつり上げる営業部の部長だったので、悲鳴も上げたくなった。

（や、山邑花子《やまむらはなこ》部長！）

どうしてあなたがここに。

「大丈夫？　電話番がそんな調子じゃ、内線も取れないでしょう」

「も、申し訳ありません」

山邑花子はマルタニで初の、女性営業部長だ。社に入って伝え聞いたあだ名は、『女帝』

というらしい。

これでも入社前から、憧れていた人だったのだ。

本日の女帝のお召し物は、紺のサマーニットのセットアップに、靴の裏が赤いハイヒール。どちらもハイブランドだ。身長がさほどあるわけではないのに、ショートヘアの耳元で揺れるゴールドのイヤリングも相まって、全身から漂う威厳と圧がすごい。

「……総務部長の田中さんがいるか、聞きたかっただけなのよ」

それで一番通路側にいたまもりに、白羽の矢を立てたらしい。慌てて席を立った。

「わかりました。お待ちください！」

あらためて総務部のフロアを見回せば、人事課の島にいるのはまもりだけで、奥の部長席を見に行くと、そちらも空っぽだった。

(部長はいない。部長はいない。部長はないいない)

まもりはお使いをする子供のように、心の中で復唱しながら戻ってきて、一秒でも早くと山邑部長に報告をした。

「たっ、田中部長は、どっか行かれちゃってます！」

なぜか総務課の人まで、体をねじってこちらを見た。

報告を受けた山邑部長の顔が、す――と能面のようになり、それでまもりは自分の発言が盛大に『しくじった』ことを悟ったのである。本当に遅ればせながら。

「……あの、これはその……」

「ねえねえ、僕の何がイカレちゃってるって？　まあ自覚はあるけどさ」

山邑部長の背後から、当の田中総務部長が顔を出した。直属の上司である笠原課長と伊藤女史も同伴しており、課長が最近疲れ目でねとばかりに、眉間を指でおさえるのが見えた。

「……あなた、確か名前は栗坂《くりさか》さんだったわよね」

「いえ、亜潟と申します……」

「そう。そういえば結婚するとか言っていたものね。いいわどちらでも――」

どうでもいいわ、の言い換えのような気がした。

山邑部長の能面顔は、それで終わりだった。彼女は何事もなかったように、「田中部長、この間の総会の件なんですが」と自分の用事を切り出している。

自分では身動きが取れないまもりに、伊藤はにこりと美女の微笑《ほほえ》みをくれた。その笑みはどういう意味ですかと、許されるなら肩を揺さぶりたかった。

打ち合わせでその場にいなかった杉丸にも、ランチの時に顚末《てんまつ》を話したら、「でえぇ」と言われた。嘘《うそ》誇張なく、『で』と『え』と『え』の三文字だった。

「じ、女帝の前でそんなことかましたの……勇気あるね」

「勇気があったからしたわけじゃありません……」

「だろうね。普通はね……」

お弁当に持ってきたパエリアのあさりが、砂抜きしたはずなのに砂の味だった。

「だ、大丈夫よ亜潟さん。私も前は営業にいたから、山邑部長のことは多少知ってるけど、仕事に厳しいだけで鬼ってわけじゃないから」

「つまり仕事には厳しいんですよね」

「うん激烈に」

「あああ……」

終わった。なんか知らないけど終わった。まもりはデスクで顔を覆ったのだった。

注意一秒、怪我《けが》一生。口は災いの元。身から出た錆《さび》。エトセトラ、エトセトラ。あとは何を付け加えればいいだろう。

（うー）

昼間にかました自爆行為を、まあらためて思い出してしまい、まもりは就寝前のベッドでもんどり打ちたくなった。

「……だめだもう、わたしあの会社じゃ絶対出世できない……」

「なんだよ。おまえって出世したいタイプだったのか」

風呂から出てきた葉二が、寝室に入ってきた。

「……それは、よくわからないけど」

まがりなりにも社内で影響力があり、面接の段階ではそれなりに見込まれていたはずの人に呆《あき》れられるというのは、かなりショックな出来事だったのだ。

葉二も同じ寝床に入ってくる。

ちなみに彼が独身時代にも使っていたセミダブルのベッドは、まもりの入籍とともに新しいダブルベッドに買い換えられていた。

「失敗ったって、入社三ヶ月にもならないぺーぺーの失敗なんて、失敗のうちに入らねえと思うけどな」

「やっぱり葉二さんも、最初の頃は色々失敗しましたか？」

「おまえほどアホなのはなかなか」

「あー！」

「そんなことよりまもり。いい話があるぞ」

葉二はまもりの肩を、自分の側に引き寄せた。

「……いい話？」

「ああ。おまえ、市民農園って知ってるか？」

間近で見ても整った夫の顔から、斜め上の単語が発せられた。

「………いえ。勉強不足なもので」

「だろうな。ようは非営利の小規模農園だ」

葉二いわく、趣味や生涯学習の一環として、一般市民が農家の土地などを借りて、野菜や果物を作ることを言うらしい。

「この間、グリーンわたぬきの綿貫《わたぬき》さんから聞いたんだけどな。うちの近くにも、スペース貸しの畑があるって言うんだよ」

「はあ」

「灘《なだ》ひだまりファームって名前で、六甲道《ろっこうみち》駅の向こう側にあるんだと。それなら出勤前や会社帰りにも寄れるよな。人気の農園だから空きなんてめったに出ないって話なのに、綿貫さん情報によると、常連さんの引っ越しでスペースが一個空くかもしれないって言うんだ。チャンスだろ」

　葉二は頭の中で、まだ見ぬ畑とそこで育つ野菜を思い浮かべているのだろう。その目は夜だというのに、きらきらと輝いている気がした。

「……葉二さんは、それを借りたいんですか」

「畑だぞ。プランターじゃなくて、地植えできるんだぞ。大根だって自然薯《じねんじょ》だって植えられるじゃねえか」

「ばっかじゃないですか」

　思わず言ってしまった。

「あのねえ葉二さん、あなた人の話聞いてましたか。わたしがこんな悩んでるのに、言うにことかいて大根と自然薯？」

　向こうの手がゆるんだので、まもりはその場に正座しなおした。

「よく考えてみてください。これから結婚式の準備だって、どんどん予定が詰まって忙しくなるんですよ。平日はお仕事だし、二の腕のお肉だって減らさなきゃいけないし、今あるベランダ菜園の維持だって結構な手間なのに、これ以上市民農園なんて借りてる暇がどこにあるんですか」

「二の腕は俺の管轄じゃ」

ずだ。

それが夫婦というものだろう。お肉たるたるの花嫁なぞ、花婿も連れて歩きたくないは

まもりの剣幕を、向こうはまったく予想していなかったようで、絵に描いたような渋面

になった。

「……おまえの言いたいことはわかった」

低い声でそれだけ言って、部屋の明かりを消して寝てしまう。

こちらに背を向けてふて寝する姿勢は、だいぶ年上のはずなのに頑《かたく》なで、まもりも少し

言い過ぎたかと思った。

「……拗《す》ねないでくださいよー、もー……」

向こうの機嫌が直るまで、できるだけぴったりくっついて寝ることにした。

夏だからちょっと暑いけれど、まだ新婚だしこういう解決もありな気がするのだ。

＊＊＊

翌日のことだった。

「一蓮托生《いちれんたくしょう》じゃー！」

いつものようにデスクワークをしていると、ごま塩頭の笠原課長が、まもりと杉丸をまとめて呼んだ。

「ちょっと二人とも、五分だけいいかな」

まもりたちは、お互い顔を見合わせた。どちらか片方ならともかく、二人一緒とは珍しい。しかも呼び出し先は、課長のお誕生日席ではなく、パーテーションで区切られたミーティングスペースだった。

(これは……昨日の件のお叱りとか?)

例の『部長いかれてます』事件。思い当たる節と言えばそれしかなくて、まもりは恐ろしくてならなかった。

「亜潟さん。君、及川伴貴《おいかわともき》君と仲はいい?」

しかし、席についたところで課長が切り出したのは、意外な質問だった。

「……及川って、わたしの同期の及川君ですか?」

「そう、今は営業部の推進課にいる」

営業推進課は、通常のセールスから外れる、新たな販売先の開拓や、特注品などを扱う部署だ。

「その子がどうかしたんですか? 問題でも?」

杉丸が、単刀直入に聞いた。

「うん。問題というかね……人事課《うち》のハラスメント相談窓口にメールをくれたんだよ。教育係から、執拗《しつよう》なパワハラを受けてるって」

人事課は、社員の異動や福利厚生を扱う部署なだけあり、セクシャル・ハラスメントやパワー・ハラスメント、マタニティ・ハラスメントなどへの対処を目的にした相談窓口を設けていた。困った時は是非相談をと、入社時に伊藤からも説明されたが、自分がそれを使おうという気になったことはなかった。

自分も人事課にいてこんなことを言うのもなんだが、どこまで親身になってくれるかわからないし、なんだか入社早々に泣き言を言うのも気が引ける感じがしたからだ。

(勇気あるなー、及川君)

それとも、もはやそんなことは言っていられないほど、状況は切羽詰まっているのだろうか。パワハラの教育係に責められて。

「亜潟さんから見て、及川君の印象は？　どんな感じの子？」

「……どうでしょう……研修の時に話した感触だけですけど、静かで植物っぽい雰囲気の人です。あと物知りでした」

スマホやタブレットなど、ガジェット系に特に詳しかった。まもりと同じ、非関西圏の北海道《ほっかいどう》出身で、東京の工業大学を出て入社したらしいので、多少は親近感もあった。

「あ、でも、てっきり情報システム部か開発部に行けると思ったのに、なんで営業って、戸惑った感じだったのは覚えています」

「メールの文体から見るに、及川君はかなり思いつめているようだ。営業推進課全体で満足な指導がない上に、教育係の暴言が耐えかねると」

「教育係って誰です？」

杉丸が聞いた。

「望月《もちづき》君だ」

「あいつか……ついに新人指導なんてする側になったのね」

「推進課は、君の古巣だったね」

「ええ、どういう雰囲気かは知ってます。望月君のことも」

杉丸は、含みがあるように頷《うなず》いた。

「こういう時に大事なのは、一方だけの訴えを聞いて肩入れしないことだ。被害を訴える方も訴えられる方も、どちらも同じマルタニの社員だということを忘れないでほしい。ただ、悩んでいる及川君はまだ入社して三ヶ月目だ。ここで辞められてしまったら、採用したうちの面子《めんつ》にも関わる。慎重に対応したい」

「わかりました。ちょっと私、営業が恋しいふりして探り入れてみますよ。怪しまれないと思います」

「あの、わたしも及川君に話聞いてみます。同期なら話しやすいかもしれないし」

話せば気持ちが軽くなるということも、きっとあるだろう。

本当にパワハラがあるなら、ぜひとも改善してもらいたい。

「うん、お願いできるかな」

笠原課長の話は、それで終わりのようだった。

「ああ、あとね亜潟さん。今後は一人で課に残る時はね、周りもちゃんと見てね。没頭しすぎないように」

「……………申し訳ありません」

ぜんぜん終わりじゃなかった。しっかりお叱りは受けた。

自席に戻ってから、まもりは保留のままにしていた同期飲み会の誘いに、『出席』の返事を出した。これは間違いなく、業務の一環だろうから。

問題の同期飲み会は、会社近くの駅ビルに入った串カツ屋で開催された。

一人目の参加者は、面接の待合室でお隣だった岩清水桃《いわしみずもも》。

「まずはー、基本のセットにアスパラベーコン、エビ紫蘇《しそ》巻きとー、白ネギの牛肉巻いたのも貰《もら》お。酒はとりあえず中生で」

「……………みんな揚げ物。みんな揚げ物。ええと、黒烏龍茶《ウーロンちゃ》と豆腐サラダで」

「小食やねえ、まもりは。ダイエットでもしとるん？」

ええ。その通りです。腹はバリバリに減っていますが、致し方ありません。

まもりの向かいできょとんとしている桃は、どうやら食べたものがあまり身につかないタイプらしい。恨めしいやら羨ましいやらの、スレンダーな王子様系女子だ。

「桃さんの方はどう？　広報室で、うまくやれてる？」

「もー、何が何やら」

桃は大げさなぐらい肩をすくめた。

「ポスターとかＣＭの撮影じゃ、うちが底辺なんは確かやから、靴を舐《な》めい言われたら舐めるしかない感じや。夏なのにスノーブーツ買いに行かされたり」

「うわあ」

「こないだなんてな、床のケーブルにけつまずいてこけたら、真っ先に機材の方に駆け寄られたわ。おまえなんかよりライトの方が大事やって。あんなんパワハラやろ――」

「……何がパワハラだって？」

桃が一方的に喋《しゃべ》り倒していると、テーブルの前にネクタイ姿の及川伴貴が立ったから、どきりとした。

さらさらの黒髪を中央で分けた髪型と、線の細い瓜実顔《うりざねがお》も相まって、歴史便覧に出てくる天草四郎《あまくさしろう》の肖像画を思い出す青年だが、理工系の本人に言ったことはない。

今日も顔立ち自体は入社時と変わらないが、以前よりは日に焼けたかもしれない。あとは、全体の印象としてこう——。

「及川君。また一段と黒うなったねえ」

「うん……黒くなった」

肌の焼け具合もそうだが、まとうオーラが暗い。どす黒い。

なんでこんなに黒くなってしまったのか。

「基本外回りだからね」

及川はそっけなく言って、まもりの隣に腰掛けた。その場でビールと串カツのセットを、店員に注文した。

「今日って三人だけなの？」

「そう。根岸《ねぎし》君は、残業で来られへんて。製造の堀下《ほりした》君は、岡山《おかやま》工場でもともと無理な話やし」

「は、残業ね……ちょうど良かったよ。いま根岸の愚痴とか聞かされたら死ねとか言いそうだ」

「ちょっと」

黒い発言来ましたー。

「いいだろう、それぐらい。同じ技術職で採用されたはずなのに、あっちは開発の花形でこっちは営業やってるんだぞ」

「及川君……やっぱり推進課の仕事って大変なの？」

まもりが訊《たず》ねると、及川はもともと細い目を、さらに細くした。

「そういえば、亜潟さんって人事なんだよね……聞いてる？　あの件のこととか」

「えっ、何のこと？」

全力でとぼけてみた。

すると及川は、警戒から一転、小馬鹿にするように鼻で笑った。

「なんでもない。忘れていいよ。もうちょっと上のレイヤーでの話だと思う」

「ちょっともー、気になるでしょー」

「まがりなりにも希望通りの部署に行けた人に、俺の気持ちはわからないよ。たとえ下っ端だろうとさ」

本当は思い切り共有されていたが、都合がいいのでそのままでいることにした。侮られるのは悔しいが、別に実害はない。

「そんな営業って嫌なん？　あたし広報のみそっかすやめて、そっち行きたいぐらいなんやけど」

「……言ってくれるね」

「いま営業推進課で、Jリーグチームの公式グッズ作る話聞いとるよ。めっちゃおいしいやん。Jリーガーに会える」

「――くだらない」

ブラック及川は、一言で切って捨てた。

「というかさ、基本スポーツ好きならみんな野球かサッカーが好きみたいな価値観自体が安直すぎて耐えられないところがあるよね。営業はそういう単純な奴らが特に多いんだ。声がでかくてごり押し大好き。そうやってゴリゴリやって数字上げた奴が偉いなんて、狂ってるしやってられないよ。さらに言うなら関西の某球団を特別扱いするあの空気。負けたら機嫌悪いが許されるのは異常だろ。あれじゃ質問したくても何もできないじゃないか。そのくせミスしたら口汚い言葉で罵ってくれて。あいつらに礼儀と理性はないのか！　ふざけんな脳筋軍団が！」

　まもりたちは運ばれてきた料理を眺めながら、彼の真っ黒に染まった不平と不満を静聴するしかない感じであった。

「た、大変だね。ほら串揚げだよ及川君。アスパラベーコンだよ」

「ソース付けて食べや」

「まだまだあるよ。いい――？」


　飲み会の翌日、まもりは及川に会ってきたことを、杉丸に報告した。

　自分なりに感想と結論を伝えようと思うが、どうにも言葉に詰まってしまう。

「……なんというか、及川君って……うーん……」

　あまり悪いことは言いたくないが、ダークサイドに堕《お》ちた天草四郎が、メラメラ毒ビームを吐くのを見守って思ったのだ。この人めんどくさいと。

「よくもまあ、次から次に不満なことが出てくるもんだって感じで。底なしでした」

「ストレスがたまってるのは、本当みたいね」

「はい。大きいところでは声量重視の体育会系の雰囲気が嫌、小さいところでは罵倒がアホなのが嫌とも言ってました。せめて馬鹿がいいと」

「えっ、それ逆じゃない？」

「東日本だとそういう傾向はありますねえ……」

どちらかと言うと、まもりもそうだ。杉丸は「参考になるわあ」と、本気で感嘆の声をあげた。

「私も推進課に探り入れてみたけど、今あそこ、繁忙期でバタバタもいいところみたいなのよね。ほら、どっかのクラブチームのグッズ作るとかで」

「Jリーグのですか？」

「そうそれ。しかも中心で旗振ってるのが、及川君の教育係の望月なのよ。とてもじゃないけど、丁寧な指導なんてやる暇がないのかもしれない」

なるほど。それで及川も不満をためているのか。

杉丸は苦笑した。

「まあ、そもそも繊細で受け身なタイプは、営業職に向かないんだけど。要望があるなら、自分から提案してぶつかっていかないと」

「それは……」

確かに、まもりも思ったものだ。裏で悶々《もんもん》とする及川は、性格的にミスマッチだ。

「配属先が間違っていたんですかね。希望通り情シスか開発に行けてれば……」

「へえ。まるで本人が希望した場所なら、なんの問題もないみたいな言い方」

揶揄《やゆ》するような言葉に、ぎくりとした。

「どうですか、実際のところは。最初から総務部志望だったという亜潟まもりさん。輝けていますか」

「あっ、すみません失言でした！」

完全にやぶ蛇になってしまった。

確かに、第一志望ならいいという話ではない。今のまもりが体現している。

むしろ言い訳がきかないぶん、より救いようがないかもしれない――そう自嘲気味に思った時である。

「こおら、及川！　おまえいつまで油売っとんねん」

――及川？

フロアに響いた声に振り返れば、隣の総務課に及川伴貴がいた。

先輩らしい男性社員が近づいてきて、及川の頭を書類で軽くはたく。

「お使い一つできへんのかおまえは。ほんまトロくさいやっちゃな」

「……すいません。郵便の発送担当の人が、いま席外してるらしくて」

「そんなもん、誰かに預けるか机に置いときゃええやろ。頭使えアホ。予約《アポ》取れたからすぐ出るで」

「……はい」

「忙しいんやから、余計な手間かけさせるなドアホが」

——確かに、希望通りの部署ならうまくいく保証はない。

でも今、こうして萎縮し暗い顔をしている彼を、誰が救えるのだろう。

威勢のいい教育係の後について、とぼとぼとフロアを出ていく後ろ姿は、何重にも黒い感情を押し殺しているのがわかるから、痛々しいぐらいだった。

(……このままじゃ潰れちゃうんじゃないかな)

まもりの危惧は、ある意味正しかった。

翌日、及川伴貴は会社に来なかった。無断欠勤だったらしい。

＊＊＊

オフィスで自分の仕事をしていても、ずっと同期の横顔と欠勤のことが頭にあって、重苦しい気分が消えなかった。

「……今日って何日でしたっけ、杉丸さん」

「え、七月の——」

「違います間違えました。及川君の休みって、何日目かなって」

杉丸が、キーボードを打つ手を休め、指折り数えた。

「……んーと、土日抜いて四日かな」

「だ、大丈夫なんですかね。そんなに休んじゃって」

「有給か無給かって？　さあ問題です、入社何日目から有給休暇は発生したでしょう」

「そうじゃなくて、このままじゃ辞めちゃいますよ及川君。人事として何か動かなくていいんですか」

「こんなこと言ってますよ、課長」

「今は営業推進課から、出社を呼びかけているそうだ」

ごま塩頭の笠原課長は、相変わらず淡々としていた。悠長な話だなと思ってしまった。

まもりもあれからメッセージアプリで呼びかけてみてはいるが、読んでくれた気配もないまま無反応が続いていた。

「大丈夫、亜潟さんが今することはないよ。心配だろうけど、目の前のことに集中しな」

「……そうでしょうか」

「集中は大事よー。時短なんて取ったら余計ね。なんせ残業できないから」

言葉通り、杉丸がキーボードを軽快に叩《たた》く音が聞こえてくる。

向かいの伊藤や大石も、多かれ少なかれみな自分の担当があって、それをしっかりこなしていた。

でも今のまもりは、その『しっかり』が遠い。自分もそうなれるビジョンがまったく見えないのだ。

その心細さは、きっと今家にいる及川も一緒だろう。

まもりと彼の違いは、単に彼の方が一歩先に絶望してしまっただけな気がする。全ては紙一重の差でしかない。

「……確かに志望していたからと言って、その部署がむいているとは限らないと思います。わたしみたいに、いざやってみたらポンコツでだめだめな可能性だってあるし」

「亜潟さん……」

困ったように、杉丸がまもりを見る。まもりは周りを困らせている。それでもまもりは、ここで喋《しゃべ》ることを止められなかった。

「自分でも望んでいなくて、実際うまくやれなくて、周りにもむいてないって思われてる状況で、どうやってがんばる勇気が出てくるんでしょう。異動が無理なら、せめて理由を聞いちゃいけないでしょうか。なんで営業なんだ総務なんだって」

「うん、いいよ。言えばいいの？」

返事は、まったく別のところからやってきた。

まもりが驚く以上に、周りの課員が反応した。

「――た、田中部長」

笠原課長が呼んだ通り、総務部の長が、まもりの後ろに立っていたのだ。

「なんだか真面目なお話をしていたみたいだからさ。採用も人をどこに配属するかも、僕の責任だ。僕から話した方がいいのかな？」

「あのっ、色々事情があるんだっていうのはわかります。今いる場所で、精一杯努力するべきなのも」

「それはもちろん大前提だけどね。ただ僕は何もでたらめなくじ引きで、及川君を営業に回したわけじゃないんだよ」

田中部長は近くに積んであった段ボールの上に、腰をおろした。

「部長、こちらにお座りください」

まった。
「椅子がありますから」
人事課の人間総出で椅子を勧めたが、部長は「いいのいいの」とそのまま話を続けてし
まった。
「及川君は技術職志望で、面接じゃ大学で勉強したことをずっと話していたんだけどね、
それより印象に残ったのは、脱線してホームセンターのバイトの話になった時なんだよ」
おおむねそれは失敗談で、右も左もわからないところから、パート社員のおばさんや店
長の助けも借りて、文具の売り場を作っていったこと。その中でマルタニのボールペンが、
工夫しようがしまいがずっとそこそこの売り上げで助かったことなどを、率直に語ったら
しい。
「店に来る営業のどのへんが惜しいとか、具体例込みでわかりやすかったよ。本人は枝葉
の雑談のつもりだからかな、変な気負いもないしマイナスなことを言ってもぜんぜん嫌み
がないんだ。ああいうのは才能だと思ったよ」
「だから、及川君を営業部に配属したんですか？」
「話術で黒いものを白と言って売るのだけが、営業じゃないよ亜潟さん。技術的な知識を
おさえた上で、メリットとデメリットを冷静に提示して、先方の信頼を得るやり方もある。
そういうタイプの強い営業マンになって、マルタニに貢献にしてもらえたらって思ったん

だ」

　田中部長は、終始とぼけた態度を崩さなかった。しかし——ここで教えてくれた内容は、及川にとって『救い』そのものではないだろうか。

「……ありがとうございます。素敵な理由だと思います」

「まあ、今の営業部に少ないタイプには違いないから、馴染《なじ》むのに時間がかかるとは思うけど、なんとか乗り越えてほしいんだよ」

　まもりは内心、泣きそうだった。田中の眼差《まなざ》しは温かかった。

「亜潟さんもみんなもそうだけどね、人事には必ずそうあってほしいっていう願いと理由がある——こんな答えじゃ駄目かい？」

　いいや。駄目なものがあるか。

　まもりは田中部長に、ぺーぺーに許される限りの礼を言った。

　そして、せっかく教えてもらった以上、黙ってはいられなかったのだ。

　終業後、まもりは『ちょっと遅くなります。お夕飯は先に食べていてください』と葉二に連絡を入れ、地下鉄の阪神線に飛び乗った。

　及川伴貴が暮らすマンションは、野田《のだ》駅から野田阪神《のだはんしん》駅へ続く商店街の裏手にあった。

実際に行ってみたら下町風の住宅も多く、梅田《うめだ》に近いわりになかなか住み心地の良さそうなところだった。

四階建ての細長い賃貸マンションの、三階に上がってインターホンを押す。

「………なんなの」

「じ、人事だからわたし」

ドアチェーンをかけたまま、わずかに顔を覗《のぞ》かせてくれた及川が、黙って扉を閉めようとしたから、まもりはとっさにパンプスの足をねじこんだ。

「待って、ねえ待って！　話だけでも聞いて！」

「押し売り？　マジで営業の方がむいてるんじゃないの」

「そうじゃないの。聞いて！　及川君ね、本当に期待されてるんだよ！」

まもりは押し売りと呼ばれたその姿勢で、田中部長から聞いた話を、及川に伝えた。

隙間から見えた及川伴貴は、癖がないはずのストレートヘアがぼさぼさで、痩せて棘《とげ》や憑《つ》き物《もの》も一緒に抜け落ちた感じで、部屋着で留守番をする中学生のようにも見えた。

こちらの話を最後まで聞き終えた彼は、ドアを閉めようとしていた手を離し、そのまま脱力気味にしゃがみこんだ。

「……最初に説明してくれよな、そういう大事なことは」

「ほんとにね。わたしも初めて聞くことばっかりだった」

まもりも田中総務部長から、ついでのように総務部配属の理由を教えてもらったのだ。

——亜潟さんはね、話してて人を否定しないスタンスなところがいいと思ったんだ。あのベランダ菜園も、誰かに教えてもらって吸収したんだろう？

——バックオフィスは効率と正確さが大事だけど、自分がやることの向こうに人がいることだけは忘れちゃいけないと思うんだ。

——特に人事課は、どこまで行っても人間を相手にする仕事だよ。時に嫌なことを言わなきゃいけなくても、なくしちゃいけないのは相手への尊敬と理解だ。亜潟さんは最初からそれを持ってる。宝物だよ。

（録音しておけば良かった）

この情報があるとないとでは、今後のがんばりが違う気がする。誰かに信じてもらえたなら、そのぶん踏ん張ってみようという気になるものだ。

「わたしたちって、入ったばっかりのポンコツで、やっても失敗だらけで自分の可能性なんてぜんぜんわからないし実感ないけどさ。信じてくれてる人はいるんだよ。地味にすごいことだと思わない？」

たとえば何十と受けて落ちた会社と、それでも内定を出してくれた会社。差があるとするなら、そこにつきる。

まもり自身ですらおぼつかないものを、あると信じてくれる人がいるようなのだ。

「ねえ、だから及川君。もうちょっとだけがんばってみない？　わたしも踏ん張れるだけ踏ん張ってみようって思ってるから」

及川は、狭い玄関にしゃがんだ姿勢のまま、ただ深く深く息を吐き出した。

聞こえてきたのは、絞り出すようなかすれ声。

「……………辞めるつもりは、ないよ。明日からまた出るつもりだったし」

「本当？」

「ちょっと、止まって休憩したかっただけだ」

「良かった」

まもりが半泣きで笑うと、ドアの向こうでも鼻をすする音がした。

「おせっかいだよね、亜潟さんは」

「じ、人事のひとですから。人の事で動きます」

「他人事《ひとごと》じゃなくて」

「そう」

彼はもしかしたら、笑ったのかもしれない。限りなく失笑に近いものではあったが。

「ありがとう」

――ううん、こちらこそ。わたしこそこの件に関われて、本当に助かったし救われたと思っているよ。

＊＊＊

まもりが及川のマンションを訪ねたことは、それなりに叱られた。

「勝手に自宅突撃するって、あなた、なんでそんな無茶な真似《まね》するの！」

「……す、すみません」

それなりにではなかった。杉丸から大きめの雷が落ちた。

「スマホで連絡がつかなかったから、つい……」

「相手は若くて元気な独身男よ。何かあったらどうするの。既婚たって女の子なんだから、不用心なことしちゃ駄目。絶対駄目」

「申し訳ありません……」

「ったくもー」

平身低頭、恐縮して謝るまもりに、杉丸が嘆息する。

「今後はスタンドプレー禁止。やりたいことがあるなら、必ず私に相談すること。いい？」

「はい、わかりました……」

「それで、及川君はなんて言ってた？」

訊《たず》ねる目が、それまでより少し優しくなった気がした。だからまもりも、正直に打ち明けることができた。

「出社するって言ってました。ちょと休みたかっただけだって」

「そう。やっぱりね」

――ん？

まもりがその台詞《せりふ》に、小さな引っかかりを覚えた時である。

「おう、そないなとこにおったかー、及川！」

それは、以前にも見たことがあるような光景だった。総務課の入り口近くに立つ及川伴貴を、先輩社員が見つけて声をかけている。

「望月さん。Nプロダクトの契約書、先方に出してしまって大丈夫ですよね」

「いや、ちょい待ち。確かドラフトから変わった点があったやろ」

「大丈夫です、反映済みです。法務部のチェックも済みました」

「それを早よ言え、タコ。ほなお客さんのとこ行くで」

「はい！」

「今度でばしっと決めたろな！」

肩を叩《たた》く先輩に、及川が力強く頷《うなず》く。二人一緒に、さっそうとフロアを出ていった。耳を澄ませば廊下から、楽しげな笑い声まで響いてくる。

（あれ……？）

――なんだろう。言葉通りに出社してくれているのはめでたいことだが、昨日の今日でちょっと変わりすぎていないだろうか。

ついこの間までの、ぎすぎすしたやり取りで黒いオーラを溜める、ブラック天草四郎はどこに行ってしまったのだ？

頭の中が疑問符で埋まるまもりの心情を、杉丸も感じとったのだろうか。

「私もねえ、指導役の望月君のネックがなんなのか、探ってみたのよ。いつもより言葉が強くなってる傾向は、確かにあったし。で、やっぱり初めて任された大型案件でキャパがいっぱいいっぱいで、人に優しくする余裕もなかったみたいなのね。だからちょっとこう、昔取った杵柄《きねづか》で資料作りとか手伝ってあげたり、話聞いて道筋整理してあげたりしたの。

それでだいぶすっきりしたみたいで」

「……杉丸さん、時短で残業できないのに、どこにそんなことやる時間が」

「そこはそれ、集中よ集中」

魔法の集中か。便利だな集中。

「あとはこじれちゃった二人の関係修復だけど、これがすごい盲点だったの。望月君は雑談のつもりで阪神のネタ振ってたけど、そのたび及川君が微妙な顔するから、これはきっと東京もんにありがちなアンチ阪神のジャイアンツファンに違いないって、壁ができちゃってたみたいなのね。でもそもそも及川君は、野球自体に興味がない。履歴書見たら空手の経験あるみたいだから、実は格闘技好き？　ってとこから格闘技の話で盛り上がっちゃってね、二人とも。あ、これは三人で面談したビデオ通話での話ね」

つい二日前の話らしい。

「……わたしが立ち回らなくても、話はついてたんですね。杉丸さんのおかげ……」

「だから言ったでしょー、亜潟さんが今やることはないって」

言ってはいたが、完全な骨折り損のピエロではないかこれでは！

「でもほら、亜潟さんの意見も、充分参考になったわよ。北海道生まれ東京育ちの及川君に、『アホ』は厳禁。『馬鹿』が推奨って、望月君に伝えておいたから。望月君的に『馬鹿』は言いづらいから、基本は『タコ』で落ち着いたらしいわ。ほら、おかげで見た？　二人ともあんなに元気」

「ほんっとに元気で良かったですねっ」

今は自分が『アホ』で『馬鹿』で『タコ』になった気分だ。

あまりといえばあまりの結果に言葉をなくしていると、杉丸はにやりと、オフィスの回転椅子の上で微笑《ほほえ》んだ。

「ようこそ新人君、伏魔殿の会社員ワールドへ」

——これが社会の洗礼か。ちょっと予想していなかったぞ。

いらぬお世話で、ドアの隙間に足を突っ込んだ女。それがまもりだ。あげく、残ったのが伝線したストッキングとパンプスの傷というのは笑えない。

（この靴、気に入ってたんだけどなー……）

修理に出していたパンプスを引き取って、まもりはいささかげっそりした気分で帰宅した。

「ただいまー……」

六甲のマンションのドアを開けると、廊下の奥から葉二が顔を出した。

「帰ったか。いま飯作ってるとこだぞ」

葉二はすでに仕事着のスーツから、定番のジャージに着替えていた。今日は彼の方が、帰宅が早かったらしい。

まもりは力なく笑った。

「はは。嬉《うれ》しいなー、葉二さんのご飯」

「着替えたら手伝ってくれ」

合点である。

まもりは手を洗って部屋着に着替えると、キッチンに顔を出した。

ガス台では味噌汁《みそしる》の小鍋と、湯気の上がる蒸籠《せいろ》がすでにスタンバイ済みだった。

「わたしは何をすればいいんですか？」

「サーモンを柵で買ってきたから、ベビーリーフ摘んできてくれないか。あと蒸してうまそうな野菜を、適当に頼む」

いつもの海鮮サラダ丼に、蒸籠の温野菜を付けるようだ。

この二つはまもりが葉二と初めて食事をした時にも作った、定番のメニューである。その後もたびたび、食卓には登場していた。

「サラダ丼かあ……サーモンって脂っこいから、わたしのぶんはちょこっとでいいですよ。一切れか二切れで」

今まさに刺身を切り出そうとしていた葉二が、黙ってこちらを向いた。

「あ、あと蒸し野菜もオイルとかマヨのディップはいりませんからね。お塩で充分です。ダイエット戦士なんで」

「いいから言われたことをやってこい」

「はーい」

まもりは収穫三点セットを持って、ベランダに向かった。

梅雨明け前の生ぬるい空気とは裏腹に、ベランダの緑たちはよく茂って元気そうだ。まもりはまずベビーリーフを摘んでザルに入れると、引き続いて蒸籠に入れる野菜の選定に入った。

(って言われてもなあ……カブもミニ人参《にんじん》も終わっちゃってるから、ちょうどいい野菜が生えてないんだよね)

ニガウリもキュウリもトマトも、蒸して食べたいかと言われると微妙である。ナスも個人的な好みとしては、焼くか揚げたい。

あとは紫蘇《しそ》やハーブなどの、薬味系ばかりが充実している。

夏のスチーム料理は、根菜が少ないぶん、とたんに難しくなる気がした。

「――あ、そうだ。オクラがあった。オクラ蒸そう」

オクラは生でネバネバさせて良し。焼いてカレーにのせて良し。蒸しても存在感がある優秀な子だ。

そしてアオイ科に分類されるオクラは、庭木のムクゲやハイビスカスにも似た、大ぶりで美しい花を咲かせるのも嬉しい特徴だった。

花弁の色は上品なクリーム系で、中心部のポイントは、小粋な濃紫。実用一辺倒で地味になりがちなベランダ菜園の、華やぎに貢献してくれている。夜になった今も、支柱を立てたプランターに、いくつか綺麗《きれい》な花が咲いていた。

これが一日咲いてしぼめば、スーパーでよく見る野菜のオクラが、地面ではなく天に向かって生えてくるのである。

(最初はなんかのバグかと思ったけど、上向きに生えるのがデフォルトらしいんだよね。変なの……)

色や形状は、お隣の万願寺トウガラシに似ているのに、生え方だけ真逆だ。

まもりは自然の摂理に感心しながら、必要なぶんのオクラをハサミでカットしてザルに入れ、部屋の中へ戻った。

「――収穫してきましたよー。ベビーリーフと、あとオクラ」

「おお、いいなオクラ。他の野菜がパプリカだから、同時に突っ込んで問題なさそうだな」

葉二が言う通り、どちらも生食OKで、時短に向いたお野菜である。

蒸籠の中には、すでに輪切りにしたトウモロコシがセットしてあった。そこに洗ったオクラと、大ぶりにカットしたパプリカを入れ、蓋をする。

「あとは海鮮サラダ丼……」

「まもり、今日はドンブリじゃなくて、普通の飯茶碗《ちゃわん》に盛ってくれ」

「え、そうなんですか」

「あとはいつもと同じだ。味噌汁よそって、ベビーリーフと刺身は皿に盛り付ける。蒸籠は丸ごと持っていって、好きに取って食べる。いいな？」

葉二は有無を言わせぬ調子で、念を押したのだった。

そして食卓の席についてから、葉二はあらためて言った。

「あのな、まもり。俺はおまえが痩せたいからって飯抜いたり、豆腐と塩だけで暮らしたりするようなやり方は認めねえからな」

正面から諭すような言い方に、ダイエット戦士まもりの視線も下がる。

「そんなんじゃ力出ねえだろ」

「……そりゃ、確かにそうですけど。いつもと同じに食べるわけには……」

「今は何時だ？　まだ八時前だろ。この時間帯なら、普通に食っても大丈夫だ。遅くなったら軽くすます。それでいいだろ」

普通に食べる。つまり今まもりの目の前でほかほかと湯気を立てているお味噌汁や、サーモンピンクとグリーンの対比が美しいお造りを、普通に食べてしまえということか。

刺身の数は、葉二の方がやや多いが、通常と変わらなかった。まもりは一切れでいいと言っていたのに。

「確かに丼に仕立てると、ついかっこんで白飯を食いすぎるから、それはしばらくやめておこうな。上にかけてた和風ドレッシングも、油が気になるならノンオイルのにする。今日は酢醤油《すじょうゆ》ベースに、おろし生姜《しょうが》と砂糖ちょっと入れて作ってみたぞ」

片口の小鉢に、手製のドレッシングも用意されていた。

「――で、だ。そうやってオイルを抜いたぶん、こっちの蒸し野菜にマヨ使ってやろうって算段だよ！　今日は梅マヨだ！」

葉二は勢いよく、蒸籠の蓋をあけた。ふわりと湯気が上がり、中では輪切りのトウモロコシと、赤いパプリカと収穫オクラが、カラフルなおもちゃ箱のようにセットされていた。

「トウモロコシはこのまま食えるもんだし、オクラとパプリカぐらい、ケチケチしねえでどっぷりソース漬けて食っちまえ」

「……う、うん」

たたき売りのような威勢に押され、まもりは蒸籠のパプリカに箸をのばした。

問題のマヨネーズディップはほんのり赤く、パプリカにつけて食べてみたら、葉二が言う通り梅の味がした。

(あとかつおぶし)

叩《たた》いて刻んだ梅肉とかつおぶし、あとは隠し味にお醤油だろうか。

加熱で甘みを増したパプリカに、梅風味の和ディップは粋で上品な取り合わせだった。

続けて丸ごと蒸したオクラも、くたくたになり過ぎず絶妙な歯ごたえ。

「パプリカ、甘くておいしい……オクラに梅もすごい合う……」

「そうかそうか、そりゃ良かった」

海鮮サラダ丼ならぬ、サラダお造りも、葉二が作ってくれたノンオイルドレッシングが、いい仕事をしていた。気持ち強めにきかせたおろし生姜が、こってりしたサーモンのくさみも消してくれている。調味料自体は控えめでも、物足りなさはまったくない。

蒸しただけのトウモロコシを、がじがじとお行儀悪く丸かじりし、ワカメと豆腐の味噌汁まで飲んだら、すっかりお腹《なか》がいっぱいになってしまった。

ご飯なんて、本当に茶碗《ちゃわん》に軽く一杯しか食べていないのに。

「……なんか、久しぶりの満足感」

「別にこれぐらいなら、食べたって平気だぞ。あとは運動すりゃ完璧だ」

向かいで笑う葉二を見たら、ここまでの空回りも積み重なって、急に感極まってしまったのだ。

「……な、なんで泣くんだよおまえは」

「わかんない。でも葉二さん大好き」

人の情けが身に染みるというか、夫の情けが身に染みるというか。

たとえ会社がありえなかろうと、自分自身がポンコツであろうと、家に帰ればこんな素敵な人がいてくれるのである。

「この飯食わすと、高確率で泣くのはなんでだ」

「知らない」

「変な奴だな。ほら、来い」

葉二が立ち上がり、ソファに移動しろと促したので、まもりもついていって遠慮なく抱きついた。

結婚して良かったと思うのは、こういう時だ。

葉二の広い胸に顔をうずめ、ふくふくと幸せを堪能《たんのう》していた時である。

「ところでな、まもり。俺もあれから考えたんだ」

こちらの背中をなでながら、葉二が言った。

「……な、何をですか？」

「ほら、例の市民農園の件だよ」

あれは無理があるから、やめたのではなかったか。

いぶかしげに顔を上げるまもりに対し、葉二は長い腕を伸ばして、ローテーブルに置いてあったタブレットを引き寄せた。

カバーを開けて見せてくれたのは、長方形の図形を格子状に区切って作った、設計図のようなものである。一枡《ひとます》ごとに『大根×8株』『ほうれん草×3列』『玉ネギ×30株』などと野菜の名前と数字が書いてあり、どうも畑に植える作物の場所を示した、レイアウト表らしい。

グラフィックデザイナーという職業柄か、さらっとまとめた風に見せて妙に見やすく、初見の人にも優しいプレゼン画面なのがまた憎い。

「確かに今の状況で、世話の量が増えるだけなのは嫌だよな。やることもあるし、現実的じゃない。そこで俺が考えたのは、極限まで手間がかからない作物だけで打順を組んだ、『月一菜園計画』だ。これは本当に月に一回、様子を見に行くだけでいい。このレイアウトは秋冬用の植え付け案だが、まず厳寒期は気温が下がるぶん生育に時間がかかるだろ。それを利用してほうれん草みたいな、間引きが必要な葉物を育てることも可能なんだ。穴あきのトンネル用シートを使えば、換気の手間もいらないしな——おい、まもり？　聞いてるか？　ここからがいいところなんだぞ？」

——諦めてなかったのか、この男。

ソファに突っ伏して丸くなるまもりの背中を、葉二が揺さぶる。

しかしまもりは、しばらくダンゴムシになって動きたくなかった。

＊＊＊

うちの旦那はベランダ菜園オタク。ベランダがなくても、オタクはオタク。

「いいですか、葉二さん。本当に、見るだけですよ。見学するだけですからね」

「へいへい」

——そして、週末の土曜日。

まもりは葉二をともなって、地元の灘区役所から阪神本線方面に向かって歩いていた。

「見たらすぐ六甲道駅前まで引き返しますからね。今日の用事は、フィットネスクラブの申し込みですからね」

「なんで俺まで会員に……」

「一緒に入会すると、二人目からお得なんですよ。葉二さんだって、いつお腹出っ張るかわからないじゃないですか。年なんですから」

「年、言うな」

前日に梅雨明けの宣言が出ただけあり、天気は朝から夏日の快晴だ。

角を曲がって見えてくるのは、市営住宅の裏手にある、柵と植え込みに囲われた公園風のスペースである。

よくあるブランコやジャングルジムなどの遊具のかわりに、茶色い土がむき出しな点が、異色といえば異色だろうか。

（これが市民農園なんだ）

耕した畑が区切られ、栽培用の支柱やトンネルが所狭しと並び、沢山の農作物が植えてある。小さな納屋に水道、休憩用のベンチまであった。

ここまで牛の歩みで、やる気のかけらも見せていなかった葉二が、とたんにシャッキリした気がした。

「ここですよね、灘ひだまりファーム。看板に書いてあるし」

「ああ。間違いない」

植え込みの花壇越しに、中の様子をうかがってみる。

まもりたちのベランダと同じく、畑の作物は夏野菜が中心で、借りている人の手によって少しずつ品種や生育具合が違っているようである。

根が深く張る大根や、大型のスイカやカボチャなどは、プランターでは作るのが難しいから、まさしく地植えの特権だろう。

「みんな本格的だ。プロっぽい」

「でもないぞ。あそこの区画とか、明らかに肥料と水が足りてない」

葉二が小声で揶揄《やゆ》した時である。

「あらやだっ、ごめんなさあい！」

畑の一角で、すっとんきょうな悲鳴があがった。

作業用のエプロンに、たれ付きの帽子をかぶった老婦人が、大型のジョウロを持っておろおろしている。

「人がいるなんて思わなくて。ほんとごめんなさいね」

どうやら畝の反対側に、人がいるのを確認しないで水をまいてしまったようだ。

被害を受けた女性が、キュウリとトマトの列の間から、無言で立ち上がる。

(――うわ、けっこうずぶ濡《ぬ》れ)

年の頃は、恐らく五十歳前後だろうか。

いまいち年齢が定かではないのは、その人も紫外線を防ぐことに特化したようなつば広の麦わら帽子をかぶり、大ぶりのファッションサングラスで目元を保護し、さらには家にあったお古を適当に着てきたような、『○○中学』の縫い取り付きジャージを着ているからだ。

地面にしゃがんで草取りの最中に水をかぶってしまったようで、なりふり構わぬ野良着スタイルの、服や顔にも水しぶきが飛んでいた。

「タオル、これ使って?」

「……けっこうですわ」

女性は首を横に振り、土のついた軍手を引き抜いた。エメラルドグリーンの中学ジャージを着た人とは思えぬほど、白く手入れが行き届いた左手があらわになり、その指でサングラスも外した。

「嘘《うそ》！」

思わず喉から声が出てしまい、慌ててまもりは口をふさいだ。

「まもり？」

いいから早く行こう、葉二さん。一秒だってここに居続けちゃいけない。ただその一心で葉二の腕を引っ張って、強引にその場を離れた。

「なんなんだよいったい」

「…………わたしが知りたいよ」

来た時と同じ角を曲がってから、まもりはうめいた。

できることなら、間違いだと思いたい。

しかし、一瞬目と目があったあの女性は、マルタニの社員──。

（すごいもの見ちゃったかも）

──山邑花子、営業部長に他ならなかったのである。

その後の小話

翌日、葉二《ようじ》が『グリーンわたぬき』に顔を出した時のことである。

店主の綿貫幹太《わたぬきかんた》が、葉二の顔を見るなり謝罪をはじめた。

「亜潟《あがた》さん、すみません！　申し訳ない！」

「……どうかしましたか」

「前に話した、灘《なだ》ひだまりファームの件ですよ。亜潟さんのお宅って、どちらにありましたっけ。六甲道《ろっこうみち》駅の海手か山手か……」

「山側の方ですね。それが何か」

「あー、やっぱりそうか。くそ」

幹太はしきりに悔しがっている。

「実はですね、あの農園、申し込みに条件があって、本当に近隣の人しか借りられないらしいんですよ」

「じゃあ」

「はい。亜潟さんのところは、たぶん枠からギリギリ外れると思います……」

葉二は、がんと頭を殴られる思いだった。

抽選どころか、応募もできないとは。

「すみません。お客さんの話をちゃんと調べないで伝えた、俺のミスです。ぬか喜びさせてしまって……」

「……いえ。今教えてくださって良かったです。無駄なことをしないですみました……」

大人な態度で受け止める葉二だが、なぜか視界は暗くなる一方だし、謝る幹太の声も遠く聞こえた。

そうか、借りられないのか畑。制限あるのか。そうかそうか。

はりきって作ったあのレイアウト表、どうすりゃいいんだ。秋冬野菜用に加えて、春夏野菜用の作付けプランも作成済みだったんだぞこん畜生。最強だったんだぞ。

「もともと妻にも反対されていましたし。これで良かったんですよ」

そうやってまもりのことを口にした葉二は、芋づる式に昨日の彼女の態度を思い出すのだ。

ファームを離れた後のまもりは、終始気もそぞろという感じで、目的のフィットネスクラブに行っても、ぼんやりしっぱなしだった。例をあげれば自動ではないガラスドアに頭をぶつけて悶絶《もんぜつ》し、申し込み欄に『栗坂《くりさか》まもり』と書いて用紙を三枚無駄にし、いくつかは普段でもやる間違いがあったが、それでも数が多かったように思うのだ。

何があったかと聞いても、頑《かたく》なに口を割らない。

かわりに一人で考えこんで、たまに脱衣所の洗濯機に向かって『向こうも気づいたかな』『大丈夫だよね』などと、心の声をぶつぶつこぼしていた。

「……ったく、何が大丈夫なんだか」

そう言う葉二もまた、心配してぶつぶつ言うしかない男になるのである。

二章　まもり、わたしは部長の秘密を知る女。

――その会社には、『女帝』と呼ばれる社員がいる。

バブル崩壊直後に、当時はまだ少ない女性総合職として入社。以後、営業畑を優秀な成績で歩き続け、中国《ちゅうごく》プロジェクトのリーダーと東京《とうきょう》営業所の所長を経た後、現在の地位は執行役員の一人にして、本社営業部の長である。

「はあー、もうやんなっちゃうなあ。厳しーなあ、よいよい」

午後四時を過ぎた総務部のオフィスに、総務部長の歌声が響きわたる。

人事課の末席に座るまもりは、思わず椅子を後ろにずらして行方を追ってしまった。

部長の田中《たなか》は歌いながらフロアを突っ切り、自席の高いレザーチェアに腰を下ろしてもなお、くるくると椅子ごと体を回していた。心なし疲れた感じでもある。

「……なんなんでしょう、あれ」

「おおかた部長会議で、女帝に詰められたんでしょ」

教育係の杉丸《すぎまる》が、モニターから顔を上げずに言った。

「女帝」

「容赦なしに鞭《むち》でびしばし」

マルタニの社内で、『女帝』という言葉はしばしばこのようなニュアンスで使用される。

営業部に君臨する女性管理職で、影響力も発言権も抜群の人。大半は恐れ混じりだ。

「ところで亜潟《あがた》さん。この後、ちょっとお使い頼める？」

「はい、なんでしょう」

「これは健康診断が未受診の人のリスト。直接行って、案内渡してきてほしいんだけど。

私、もうお迎えに行かないといけないの」

「わかりました。お任せください」

「ありがとう、お願いね。ほんっとメールで督促しても反応ないのよねえ」

退勤していく杉丸から、引き継ぎ仕事を貰《もら》ったので、まもりはリストを持って席を立った。

――いざお使いという大義名分はあっても、ふだん自分が行かないフロアや部署に行くのは、緊張するものだ。

（営業部とかさ、いつ見ても忙しそうなんだよね……）

エレベーターで一つ上の階に行き、観葉植物の陰から様子をうかがってみる。

販売課、通販事業課、営業推進課――と島ごとに机が並ぶ営業部は、マルタニで一番の大所帯だ。

（これから捕まえなきゃいけないのは、営業推進課の主任で杉下《すぎした》さんだから……）

リストを確認しながらフロアを見回すと、ちょうどいいところに知っている人を発見した。

「及川《おいかわ》君、及川君！　ちょっと！」

「は、亜潟さん？」

同期の及川伴貴《ともき》が、すぐ目の前を横切っていったので、すかさずまもりは捕獲した。

「あのさ、及川君のところに杉下主任っているよね。どの人か教えてくれない？」

「杉下さんがどうかしたの？」

「健康診断の督促でございます」

ぴっと案内の紙を見せると、「なんだ」と警戒を解いてくれた。しかし大事なことだ、馬鹿にするでないと言いたい。

一度は指導役と揉《も》めて、出社拒否までした及川青年だが、最近はたまに黒っぽくなりつつも、なんとか休まずがんばっているそうだ。

「杉下さんなら、さっき外回りから戻ってきたから……ああ、残念。謁見室にいるよ」

どこか揶揄《やゆ》するような口調で及川が指さしたのは、営業部のフロアの一番奥だった。ガラス張りの執務室がある。

まもりたち一般社員とまったく同じ空間で仕事をしている総務部長と違い、こちらの部長は専用の個室が用意されていた。それがヒエラルキーの差なのか、単なるレイアウト上の都合なのかは定かではない。

しかし謁見室とは、よく言ったものだ。

なまじガラス張りなものだから、L字のデスクに対して斜めに腰掛ける『女帝』山邑花子《やまむらはなこ》の表情や、何度も頭を下げている杉下主任の姿が丸見えだ。

「……山邑部長ってさ、やっぱり怖いの？」

「怖いのなんのって」

ぶるると及川は、ワイシャツの肩を震わせた。

「うちの生きるか死ぬかの権限は、全部あの人が握ってるからね。別に怒鳴ったりするわけじゃないけど、名前呼ぶだけで圧とオーラがすごい。あら及川君、あなたいたのって」

山邑部長の声真似《まね》をしてくれた。意外とうまい。なんだかんだと言って、営業部に馴染《なじ》んでいるではないか。

しかし言っていることは、まもりも同意だった。

「東京の営業所でコネ作って、海外事業も成功させた人だから、誰も頭上がらないんだよ」

今日の山邑部長のお召し物は、白いテーラードのサマージャケットに、ドレープの効いたロイヤルブルーのカットソーである。耳元のイエローゴールドのイヤリングと、時計の色をきっちりと合わせていた。化粧は例によってやや濃いめ。上半身だけでも威厳と高級感があって、近寄りがたい雰囲気だ。

──でもごめんなさい。わたし、部長が畑で草取りしてたの知ってます。

あご紐《ひも》付きの麦わら帽子に、女優みたいなサングラスで、下は中学校の芋ジャージだった。色はエメラルドグリーン。ちぐはぐのコーディネートで引きつけを起こしそうだった。葉二《ようじ》の馬鹿の一つ覚えな三本ラインジャージが、黒のモノトーンなだけまだましだと初めて知った。そんなこと知りたくなかった取り合わせだった。

「そもそも結婚とかしてるのかね。してなさそうだよな。『バリキャリ』の走りって感じだけど、そんな婚活とかやってる暇なかったっぽい。部長が若い頃じゃ、婚活アプリなんてなかったろうし」

「……及川君。また真っ黒くなる前に、息抜きはしといた方がいいよ」

謁見室のドアが開き、やつれた感じの杉下主任が出てくる。

「じゃあ、行ってくるね。ありがとう」

「亜潟さんも、適当にね」

まもりは及川に礼を言うと、お使いをすませにいった。

「すいません、杉下勇一郎《ゆういちろう》さん！」

「ん、なに？」

ドアの前で、ターゲットの主任を呼び止めていると、ガラス越しに見られているような気がした。

「――そういうわけで、お手数ですが今月中に受診をよろしくお願いいたします」

「はいはい、忙しいけどなんとかするよ」

しかし用事をすませて振り返っても、山邑部長はパソコンに向かっていて、忙しそうだった。

こうしてあらためて見ていても、畑にいた女性が、人違いということはないと思う。しかし、向こうはまもりに見られたとまでは、わからなかったのかもしれない。

現に今の今まで、社内で何かを言われたことはない。

(——うん。きっとそうだ)

気持ちが少し明るくなった感じだった。

だったらあとはもう、まもりが忘れてしまえばいいだけだ。あれは梅雨明けの空が見せた幻。エメラルドグリーンの妖精。そうに違いない。

次の督促先に向かうため、エレベーターホールで籠が下りてくるのを待つ。

やがてチャイムが鳴り、ドアが開いた。まもりは中に乗り込み、目的のフロアのボタンを押そうとしたが、

「ごめんなさい」

直後に山邑花子部長が乗り込んできたので、心臓が止まるかと思った。

「一階をお願いできる」

「あ……はい……」

言われるままに、『1』のボタンを押した。怖くて、本当に怖くて、後ろを振り返ることもできなかった。

ゆるゆると籠が下がっていく。

「あなたが言いたいことはわかるわ」

なんか喋《しゃべ》ってるよー。

この動く密室の中で、突然の独り言でなければ、話しかけている相手はまもりである。

「明日あたり、一緒にディナーでもどう。七時に『フルーヴ』で待っているわ」

エレベーターが、一階に到着した。ドアが開くと、山邑部長は何事もなかったように歩きだす。視界の端でゴールドのイヤリングが揺れ、アラフィフらしからぬ細ヒールの靴音が、エントランスへと消えていった。

まもりも釣られて籠を出て、気がついた。

「……三階で降りるんだったよ」

部長が言う『フルーヴ』がなんなのか、まもりにはさっぱりだったが、家に帰って検索してわかった。

「……うわ、ホテルのレストランだ……フランス料理だってよ……」

「どうかしたのか？」

葉二はまもりより遅く帰ってきて、ただいまダイニングテーブルで一人遅めの夕飯を食べているところだ。メニューは生姜《しょうが》焼きとかき玉汁。作ったのはまもりだ。

まもりはスマホから顔を上げ、ソファに体育座りをしたまま答えた。

「葉二さん。明日はわたし、お夕飯パスです」

「なんだ、また飲み会か？　食いすぎるなよ」

「部長とさしでフレンチなんで、たぶんほとんど喉通らないと思います……」

葉二が顔をしかめた。

「……おまえのとこの総務部長って、確かオヤジの」

「いえ、会うのは営業部の部長さんです。女の人です」

ますます葉二の顔つきが、不可解な感じになった。

「なんでおまえが……？」

「とにかく断るのも角が立つんで、会うだけ会ってこようと思います」

そう。たぶん部長に誤解されているような気がするのだ。

翌日、まもりは会社が引けてから、決死の覚悟で約束のレストランへ向かった。

問題の店は大阪《おおさか》駅直結のシティホテルの、夜景の綺麗《きれい》な高層階にあった。

ムーディーなテーブルの向こうで、揺らめくキャンドルとともに待っていたのは、マルタニの『女帝』こと、山邑花子営業部長。今のところ、夢が覚める気配はない。

「仔鳩《ピジョノー》とフォアグラのキャベツ包みでございます」

凝った前菜やスープをはじめ、ウエイターの手によってめくるめくお料理が運ばれてくるが、まもりに食べている実感はまったくなかった。

（くっ。案の定、味がぜんぜんしない……！）

胃にカロリーだけがたまる、虚無への供物だ。こんな悲しい食事があるだろうか。

それというのも山邑部長が、誘っておいて料理とワインの注文をした以外、ほとんど口をきいていないからだろう。話が弾むどころではない。

──もう駄目だ。耐えられない。

「あのっ、山邑部長。僭越《せんえつ》ですが申し上げます」

「なに？」

「家庭菜園は立派な趣味です！」

まもりがエントリーシートで、野菜だらけのベランダをアピールしたのを忘れないでほしい。

そんなまもりに言わせれば、休日に市民農園で草むしりなんて、むしろ好感度アップだ。格好のギャップに驚きはしたが、心証を損なう理由にはならない。

「立派な趣味、ね」

「はい。趣味と実益、生涯学習や家計の足しにもなる素晴らしいものです。部長も園芸がお好きだとは思いませんでした」

「やめてちょうだい。そうやって勘違いされると思ったから嫌なのよ」

部長は顔をしかめて、ぴしゃりと言った。

「その調子で、ペラペラペラペラよそで喋っていないでしょうね」

「……いえ、それはないです」

会社でどころか、葉二にも話さなかったぐらいなのだから。

まもりの答えを聞いた部長は、「それならいいけど……」と、すごむのをやめた。

「……お嫌いなんですか、お野菜育てるの」

「あの畑はね、私の母が借りているものなの。今、体調を崩して入院しているのよ」

なんでも部長は旦那様が単身赴任中らしく、高校生の娘さんと一緒に、実のお母様と三人で暮らしているのだという。

(というか、お子さんいらっしゃったんだ)

及川ではないが、会社にいると生活感がまったくと言っていいほどないので、なんとなく独身か夫婦二人ぐらいのイメージでいた。自分が日頃やっている給与計算に、そのあたりの手当がついていたか、すぐには思い出せないのが情けない。

実際は既婚で子持ちで、二世帯同居だったわけだ。噂《うわさ》や偏見はあてにならない。

「野菜と猫の世話があるから、入院するのは嫌っていうのを、やっと説得して入ってもらったのよ。本当に頑固なんだから」

「た、大変ですね」

「とにかく母のためにも枯らすわけにはいかないし、あの日はじめて畑に行ってみたのよ。貴重なオフによ。それを会社の子に見られるなんてね……」

いかにもついていないと言わんばかりに、山邑部長はワインを口にしている。

気になったので、聞いてみた。

「畑、大丈夫でしたか？」

「なんですって？」

「部長のお母様の畑です。前の手入れから時間が空いていたなら、弱った株や苗もあったと思うんですが」

恐らくお母上の畑は、葉二が考えたような『月一お世話畑』のような構造にはなっていなかったに違いない。まめな手入れができなければ、虫は湧くし株は弱る。そのあたりは、プランターも畑も一緒だろう。

まもりの質問に、山邑部長は眉をひそめ、思わぬ赤字の報告を聞かされたように考えこんだ。

「……よくわからないわ。土いじりなんて田舎くさい趣味、母しかしなかったんだもの」

「お水は足りていましたよね」

「たぶん……足りていたような……いないような……」

「地植えなら、雨水も期待できますしね。それでなんとかなってたのかも。あとは肥料……あげてないですよね、もちろん。わかります」

「ねえ、駄目なの？　枯れるの？」

「いえ、必ずしもそうとは言えないと思います。意外と平気かも……」

「曖昧な言い方はやめてちょうだい。退院までに全滅なんてしたら、私の責任になるのよ」

怖いよう。

駄目かもしれないが、そうではないかもしれない。まもりにも断言はできないのだ。

「あの……部長。もし部長がお嫌じゃなかったら、うちの夫に見てもらうって手もありますが」

「あなたの旦那さん？」

「はい。わたしの何倍も詳しいです」

「農業関係のお仕事の方なの？」

「ただの趣味ですけどオタクなんです。ベランダ菜園の」

口にすると身も蓋もないが、事実だ。

部長の畑があるスペースを、虎視眈々《こしたんたん》と狙っていたぐらいなので、きっと地植えの知識も溜《た》め込んでいるに違いない。

「……そ、そう。珍しい人ね」

「というわけで、いかがでしょう。大丈夫でしたら、夫に相談してみますが」

まもりの提案を受けた山邑部長は、それなりに葛藤があるらしく、しばらく考えこんでいた。が、最後は腹をくくるしかないと思ったようだった。

「……贅沢《ぜいたく》は言ってられないわね。お願いできる」

レストランが入っていたホテルを出て、大阪駅の南ゲート広場でいったん立ち止まると、まもりはあらためて食事の礼を言った。

「部長。今日はごちそう様でした。ありがとうございます」

「いいのよ。結果的に面倒なことも頼んだし」

ひたすら虚無への供物だったフレンチのディナーだが、終盤のデザートはかなりおいしく食べることができた。

「葉二さ……いえ、夫はむしろ喜ぶかもしれません。ご近所で畑借りてみたいって、ずっと言ってましたから」

まもりは笑った。まさかその近所の畑に、会社で恐れられている上役がいるなんて、誰が予想しただろう。

意外な面も知って、前よりも親近感が増した気がする。

「それじゃあ、ここでお別れね」

「あれ、JRじゃないんですか？」

駅の外へ歩き出す山邑部長に、まもりは慌てて声をかけた。

「私、通勤は阪神本線を使っているのよ」

「そ、そうですか……」

「神戸《こうべ》線より遅延も少ないし」

てっきり地元の六甲道《ろっこうみち》駅まで一緒に帰れるかと思っていたが、出鼻をくじかれた感じだった。

確かに今の今まで、駅で部長の顔を見たことがなかったのは、不思議だと思ったのだ。

「亜潟さん。この際だから、はっきり言っておくけど」

「は、はい。なんでしょう」

「今回のことは、会社では絶対に他言無用よ。公私混同で馴《な》れ合《あ》っているなんて思われたら、あなたにも私にもよくないわ」

ひどく真面目な顔で、釘《くぎ》を刺されてしまった。

馴れ合いなんて台詞《せりふ》、リアルで聞いたのは久しぶりかもしれない。

「返事は？」

「……あ、はい、わかりました……」

「それじゃあ、気をつけてお帰りなさい。おやすみ」

最後の台詞だけは、気休め程度でも優しかった。

そして部長は宣言した通り、大阪梅田《おおさかうめだ》駅がある阪神百貨店方面へ、一人背を向け歩いていくのだ。高いジャケットとハイヒールがかもしだす孤独に、まもりは唸《うな》る。夏なのに木枯らしの幻が見えてしまった。

（……うーん。ハードボイルド）

さすがはマルタニの『女帝』と呼ばれるだけの人であった。


まもり『会食終わりました。いまJRです』

そして山邑花子部長をして『遅延が多い』と言わしめた神戸線に揺られながら、まもりは葉二に連絡を入れた。
今のところ、人身事故も信号故障も起きていない。

葉二『どうだ、生きて帰ってこれそうか』
まもり『大丈夫だと思います。ただ葉二さん、協力してくれませんか』
葉二『は？』

まもりは部長とのやりとりを、手短に打ち込んでみた。

葉二『だからおまえ、あの時変な顔してたのか』
まもり『そうなんです。山邑部長、困ってるみたいなんですよ』
葉二『別に見るのはかまわんが……おまえの引きの良さも、なかなかだな』

――褒められている気は、まったくしなかった。

(そうだね。わたしもそう思うよ。なんでこうなったんだろう)

とりあえず他の乗客と一緒になって、ボックス型のシートにもたれ、ぐったりとお疲れ風に肩を落としてみた。本当に会社勤めって難しい。

＊＊＊

花子の自宅門柱に取り付けたメールボックスには、以前から二つの名札が張ってある。

一つは『山邑』。現在の名字だ。

もう一つが『船越』。こちらは花子が結婚する前、二十八歳まで使っていた旧姓である。

花子には同居の実母がいて、彼女あての郵便も来るので、誤配を避けるためこういう形をとっていた。

会社の新人との食事を終え、いざ自宅に帰ってボックスを開けたら、入っていたのはダイレクトメールと、船越雅子《まさこ》あての葉書だけだった。

(――また絵手紙)

顔が広い母の、顔も知らない絵手紙仲間からのものだ。

おおむね墨と岩絵の具で、大してうまくもないキュウリやナスが描いてあることが多い。

インテリアにも似合わないから、飾るのだけはやめてと、入院前の母と言い合いになったこともある。

(勘弁してほしいわ。病院に届けに行くだけでも、馬鹿にならないんだから)

母の入院先の看護師が、なかなか見舞いにやってこない花子に、ちくちく嫌みを言う時の顔を思い出した。お母様は心細くて、娘さんが来るのを待ってらっしゃいますよと言われても、フルタイムで責任ある仕事をしていれば、それが簡単でないことぐらい、同じ働く人間ならわかるだろうに。

もっとも――自分と同じような働き方をする女の方が少ないことも、とうの昔に知っている。ただ無理解は心身をさいなむのだ。目の粗いやすりで磨かれるように、何かがすり減っていく。

疲れていると、多少の腹立たしさから回復するのも難しく、花子はやや乱暴に玄関ドアを開けた。

「はいはいはいはい、ごはんね。わかっているから近寄らないで。服に毛がつくでしょう」

そして廊下の奥からやってきたのは、人間ではなく一匹の猫だ。

花子が寄るなと言っているのに、キッチンでフードを皿に入れて床に置くまで、猫は何度も何度も頭を足にこすりつけてきて毛だらけにしてくれた。

部屋は日に日に雑然としてきている。

吟味して選んだこだわりの調度には埃《ほこり》が積もり、服をクリーニングに出しても取りに行く人がいないので、デパートで新しく買ってしのぐことが非常に増えた。

フローリングの真ん中に、なんの脈絡もなくスクールソックスが片方落ちている。

「ちょっと潔良《きよら》。せめて自分が着たものぐらい片付けなさい！　おばあちゃんはいないのよ！」

二階に声を張り上げても、返事はない。

「わかってる!?」

念を押しても同じで、花子はつい床に落ちていた靴下を、階段に向かって投げてしまった。

正直に言おう。家事は苦手だ。

引き受けてくれていたはずの人がいなくなった以上、早急にハウスキーパーを導入するべきなのかもしれないが、今は面談をするための時間と労力さえ惜しい状態だった。

ぎりぎり最低限の家事――生ゴミをゴミ袋に入れ、明日のゴミ出しだけは忘れないようにしようと、スマホにリマインドを設定しようとしたら、留守電にメッセージが入っていた。

『いつもお世話になっております。○○病院ナースの米澤《よねざわ》と申します。船越雅子様のご病状について、担当医師より説明をいたしたくお電話差し上げました。ご連絡お待ちしております』

例の嫌みな看護主任まで追い打ちをかけてくれて、花子は目眩《めまい》を覚えた。

（……スケジュール調整しなきゃ……）

脳裏に『手詰まり』の四文字がよぎるが、まだ倒れるわけにはいかない。ぎりぎり気合いで前を向いてやった。

やるべきことをやり、捨て鉢にならず理性的であれ。そうすれば道は開ける。ひたすらに念じながら、生ゴミの袋を玄関に持っていった。

あと忘れずに調整しなければならないことは——そうだ母の畑だ——。

＊＊＊

山邑部長の畑コンサルは、週末に決行された。

まもりたちは午前八時の、まだ気温が上がりきらない朝方の約束の時間に、再び『灘《なだ》ひだまりファーム』へと向かった。

「……あの、葉二さん。わざわざ言うことでもないかもしれませんが、相手は弊社の偉い人なので……なにとぞお手柔らかに……」

「心配しなくても、おまえの顔潰すようなことはしないって」

葉二は黒縁眼鏡こそかけたままだが、綺麗《きれい》めの綿シャツにデニムのパンツと、いつもの馬鹿の一つ覚えジャージよりはまだましな格好にしてもらった。まもりも土いじりができる格好の中では、襟のついた新しめのものを選んでみた。

作業のための道具を詰めたバックパックを持つ葉二からは、正直なんの気負いも感じられず、かえって不安になってしまう。

問題の部長は、例のお母様が借りたという畑の前で、まもりたちを待っていた。

（あ。エメラルドグリーンが、普通の服に）

まずそれに目が行ってしまう。

あご紐《ひも》付きの麦わら帽子が黒のキャップになり、ブランドもののサングラスはそのままで、エメラルドグリーンの中学ジャージが黒のロングTシャツと七分丈のナイロンパンツになったので、一気に雰囲気がセレブっぽくなった。ここが市民農園などでなければ、朝のジョギングかフィットネスクラブ通いのマダムのようだ。

やはり以前のあの格好は、知り合いに見せるつもりのない油断の塊だったのだろう。これから始まる畑仕事に向いているかと言われれば微妙だが、強めに引いたリップと職場と同じゴールドのイヤリングが、『あれは忘れて。これが本当の私』と全力で主張していた。

「おはよう、亜潟さん。朝早くから悪いわね」

「いえ、大丈夫です山邑部長。えっと、こちらが夫の——」

まもりが葉二を紹介しようと振り返ると、葉二がにこりと笑ったところだった。

「亜潟葉二と申します。妻がいつもお世話になっております」

さわやかな外面大王と、弊社の女帝が、礼儀正しく挨拶をかわす。

——ああ、そうだった。この人、かぶろうと思えばいくらでも分厚い猫がかぶれるのだった。

「あなたが、噂《うわさ》の旦那さん？　ちょっと聞いていたのと印象が違うわ」

「どう違うかは、詳しく聞かない方が良さそうですね」

長身の葉二は山邑部長を見上ろす形になり、部長はサングラス越しでもわかる笑みを浮かべた。

「そう……奥さんはあなたを追いかけて、うちを受けてくれたわけね。最終面接に私もいたのよ。『将来を約束した人が関西で働いているから、東京じゃ駄目なんです』って、不利も覚悟で力説してくれたの。この話聞いてる？」

「はい。おかげで頭が上がりません」

「それはいいわ。大切にしてあげて」

終始穏やかに会話を繰り広げた後、葉二はこちらに寄ってきて、「まあいい人じゃねえの」とざっくばらんに耳打ちをしてきた。

黙って聞いている身としては、どこまで本気でどこまで方便かまったく判別がつかないので、冷や冷やしてならなかった。

「それじゃあ、早速畑を見せてもらっていいですか」

「ええ、お願いできる？　私じゃ何をどうしたらいいか、さっぱりなのよ」

引き続いて、本命の畑を診断することになった。

農園の貸しスペースは、一区画あたり縦五メートル、横二メートルほどだった。

部長のところの畑も、そのスペース内で畝が立てられ、マルチが張られ、支柱に沿って野菜が育っていた。

葉二は植えられている品種をざっと確認した後、やや感心した顔でうなずいた。

「ふむ……なるほどね……」

「どう、葉二さん。大丈夫そう？」

「まだなんとも言えないが……植えた人は、かなり考えてると思う。たとえば植わってるのはトウモロコシと枝豆だろ、キュウリとオクラとズッキーニにつるなしインゲン。モロヘイヤ。これ、どういうことかわかるか？」

「いえ、ぜんぜん」

「ナス科とアブラナ科が一個もないんだよ。大根とかトマトとか、家庭菜園のド定番なのに」

「──あ、言われてみれば」

周りの畑には普通にある、ピーマンや小松菜もない。これもナス科とアブラナ科だ。

「たぶん連作障害を嫌って、初めから除外してるんだと思う。こういう狭い地植えで、毎年場所替えるのも楽じゃないしな」

言いながら葉二は大股で歩いて、畑の反対側に移る。

「あと場所って言や、こういうトウモロコシだけ南北に畝立てて植えてあるのも、このぶんならわざとだろ。他より強い日差しが必要だが、東西畝で植えると北側が陰になって育ちにくいって言うしな。一列より二列なのは、受粉の確率を上げるためだ」

まもりは、思わず部長の顔色をうかがってしまった。怒濤《どとう》の菜園トークに呆《あき》れていないだろうか。ちゃんとついてきてくれているか？

「ほとんど探偵ね」

「はい。食べられるもの専門ですけど」

「頼もしいこと」

やや棒読みに近かったが、前向きな言葉であることには違いないので、そのまま受け取ることにした。

「──そういうわけで山邑さん。この時期にやらなければいけないことは、収穫を除けば四つあります」

葉二は元の場所に戻ってきて、指を四本立てた。

「まず養分の分散を防ぐ、脇芽かき。伸びすぎないようにする摘心。株が倒れないようにする誘引。最後に栄養の補給をする追肥、の四点です。しばらく手を入れてなかったのなら、脇芽かきと摘心からやりましょうか」

目の前の、支柱にぐちゃぐちゃに絡まってジャングルになった、キュウリの手入れから始めるようだった。

「ここ、下を見てください。地面から生えた親蔓《づる》の、本葉五枚目までに出た脇芽と花は、うどんこ病が出かかってるんで全部カットできます。六枚目以降に出た子蔓は、葉を一、二枚つけた状態で摘心します。混み合っていて手で折れないようなものは、ハサミでカットしてしまって構いません」

葉二は言いながら、まもりに使い古しのキッチンバサミ、そして部長に新しい園芸バサミを手渡した。

「……私もやるの？」

「お母様が契約してらっしゃる畑ですよ。部外者の僕らだけ楽しいことをやるなんて、他の契約者さんたちに申し訳がたたないですよ」

「……別に楽しくもなんともないけど」

「またまた。ここは選ばれた貴族の土地です。借りたくても借りられない人が大勢いることを、忘れない方がいいですよ」

まもりには読めなかった。にこにこしながら言うこれは皮肉なのか、あるいは本気で言っているのか。

「もめ事の種は、まかないに限りますね」

部長は不服そうな顔をするものの、契約や人の目は気になるようだった。

「……わかったわ。なら手袋とかある？」

「軍手をどうぞ」

まるで貴婦人に、絹の手袋を差し出すかのようなスマートさだった。

部長はサロンで磨きあげたとおぼしき白魚の手に、滑り止め付きの軍手をはめ、まもりたちと同じ作業に入ることになった。

野放図に伸びている蔓の出所を探り、必要な箇所でカットする。ここまで来ると、脇芽かきと言うよりは、風通しを良くするための剪定《せんてい》に近い。余計な蔓と葉を取り去り、そこについた食べられるサイズのキュウリは収穫する。

残すべくして残した蔓は、葉二があらためて支柱に誘引し直して、これから来るゲリラ豪雨や、少々の風でも倒れないようにした。

「親蔓も、支柱の一番上まで来たら止めてしまっていいと思います」

まもりがしゃがんで作業していると、隣にいる部長の手が、完全に止まっていた。

「どうかしましたか──あ」

彼女の視線の先には、葉っぱから地面に落ちてウゴウゴしている巨大なイモムシがいた。

背中の斑《ふ》の入り方から見て、恐らくコレはヨトウムシ──。

（大変だ。部長を助けなきゃ）

初対面でいきなりこのサイズは、声も出せずに凍り付いてもおかしくない。かと言って、まもりもさっと助けられるほど耐性はついていなかった。

「あ、あー、ちょっとお待ちください。夫になんとかしてもらいましょう。葉二さん、葉二さーん」

「……ねえ亜潟さん。あなた猿食べたことある？」

部長が虫を見つめたまま、静かな声で問うてきた。

「…………さ、猿ですか？」

「そう、猿。熊の手でもいいけど」

「な、ないです」

「私はあるの。中国に赴任してた時に接待で」

だめだ。話がまったく見えなかった。

「仕事で何かすごく驚いたり、逃げたくなったりした時ね、私はこう唱えるの。私の名前は山邑花子。猿と熊を食べた女」

彼女は軍手でヨトウムシをつかむと、ぺっとゴミの山の方角へ放った。

「……まあ大抵のことは、これでフラットに持ち込めるわ」

「すごいですね……」

「亜潟さんもね、この先やっていく上で、そういうマインドセットに役立ちそうな場面を設定しておくといいわよ」

有用なビジネススキルの話を聞いているような、全くそうではないような。

まもりが何かを設定するとしたら、今日この日はかなり上位に食い込むような気がする。

わたしの名前は亜潟まもり。会社の女帝と脇芽かきをした女。

キュウリに引き続いてオクラも手入れし、適量サイズのものは収穫した。

「オクラは肥料食いなんで、忘れずに追肥をしておきましょう」

葉二はバックパックに入れて持ってきた化成肥料を、さらさらと畝にまいていった。

「山邑さん。あとは枝豆とつるなしインゲンですが、これはもう実も太っているし、全部収穫しても大丈夫だと思います。どうします、枝豆は株ごと抜いてしまいますか」

「任せるわ」

「では抜きましょうね」

「というかあげるわ。今日収穫したものは全部」

わお。いきなり野菜長者になってしまったようだ。

伸びるに任せていたジャングル畑が、余計な葉や枝を取り除いていく過程で、だいぶ風通しがよくなってすっきりした。これならこの先の高温期も、病気なしで乗り切れるかもしれない。

最後に枝豆を抜いた跡地に、ここまでで出た枯れ葉や茎を入れて埋め戻した。

「こうしておけば、秋蒔きの頃には土に還《かえ》っていますよ」

「ありがとう、何から何まで。本当に助かったわ」

葉二は土のついた両手をはたく。

「この時期は、とにかく植物の生育が早いですから。できればオクラとキュウリだけでも、毎朝来て収穫した方がいいと思います」

「毎朝」

山邑部長が、絶句した。

「……それは……難しいわね。そこまで時間は取れないわ」

「厳しいですか」

「無理なものは無理。悪いけど」

「そうですか……ただそうなると、ちょっと不思議ではあるんですよね」

「どういうこと？」

片眉を跳ね上げる部長に、葉二は淡々と説明した。

「ここの畑は、山邑さんがおっしゃる通り、初期の頃しか手入れがされていません。脇芽もそのままで、枯れた葉も放置でした。でも、食べられないほど巨大化した野菜が、言うほど見当たらないんですよ。それが変かなと」

聞いたまもりは、あらためて畑を振り返って見た。

そう言われてみれば、まもりも不思議だったのだ。あの、ちょっと目を離した隙に現れるオバケキュウリや筋張ったオクラ。プランターでさえ見かけるあれを、ほとんど見なかった気がする。

「……誰かがこっそり収穫してるとか？」

まもりの、推理というには拙い思いつきに、

「誰かって誰よ。母は入院しているのよ」

部長の冷たい突っ込みが飛んだ。その通りでございますごめんなさい。

「最初は余計な枝や葉に、養分が取られているからとも思ったんですよ。そのせいで全体に小さいんだと。それでもやっぱり、ここまで少ないのは変です。僕もちょくちょく抜かれているんじゃないかと思っています」

「盗まれてるってこと？　ここの畑のセキュリティはどうなっているの」

いや、ないと思いますよそんなの。市民農園ですし。

放置していた野菜畑でも、泥棒に盗《と》られていると なると気分は悪いようだ。

「まあでも、実害というほどのものはないわけですし。キュウリやオクラの一本や二本ぐらいなら……」

「そういう問題じゃないのよ。ここの管理責任者に一言言うべきだわ」

なんだか大事になってきてしまった。

雲行きが怪しくなったと、まもりがあたりを見回した時である。

「何やってるの？」

高校生ぐらいの、女の子がいた。

Tシャツにハーフパンツの軽装で、そこから伸びる手足は、ややぽっちゃり気味だ。重めのボブヘアーで輪郭を曖昧にした顔も、ふっくらと丸めで、そういう子が、一つ先の区画から、まもりたちのことを睨《にら》んでいるのだ。

「そこで何やってるの。そこ、おばあちゃんの畑だよ。ママが勝手に引っこ抜いたらあかんて」

彼女がかぶっている麦わら帽子が、以前に山邑部長がかぶっていたものと全く同じデザインだと気づいて、まもりははっとした。

あご紐《ひも》のリボンの先に、消えかけのマジックで『ふなこし』と書いてあった。

「まさか潔良、あなたがもぎに来てたの？」

「聞いてんだから答えてよ。ママ、おばあちゃんから畑まで取り上げる気なの？　病気で入院してるうちにってひどいよ」

　彼女はそう言って、今まさにまもりたちが抜いたばかりの、枝豆とインゲンの跡地を見て、肩を震わせているのだ。

　違う、誤解だと言いたかった。

「人聞きの悪いことを言わないで。そのおばあちゃんのかわりに、手入れをしようとしただけよ。他にやる人がいないから」

「えっらそうに！　今さら身内面とかされても笑えるんだけど！」

「潔良！」

「もう嫌！　そうやって勝手に偉ぶってろ。大っ嫌い！」

　少女は咎《とが》めようとする山邑部長を振り切り、農園を飛び出していった。

　部長は柵越しにもう一度呼び止めようとしたようだが、潔良が自転車に乗っていたため、けっきょくため息で終わってしまう。

「部長……」

　かけていたサングラスを、彼女は外した。

　少女と共通点は少ないと思っていたが、目元のあたりは意外に重なる部分がある気がした。

「あれね、うちの娘。十七年前に産んだの。潔く良い子で潔良」

どんな不意打ちの苦しい場面でもフラットにという、部長の魔法の呪文は、こういう時にも適用されるのだろうか。

「ただ産んだのはいいけどね、育てたのはほとんど母なのよ。だからそうね……『今さら身内面』っていうのは、当たってるわ。傷つかないわけじゃないけど」

目尻についたゴミを取ると、また大ぶりのファッションサングラスで、表情を覆い隠してしまう。

「今日はどうもありがとう。おかげで助かったわ」

午後は入会したジムで運動をし、夕方から返送されてきた招待状の集計をしていたら、あっという間に夜になってしまった。

「――おい、見ろよまもり。もうあんな時間だぞ」

話し合いの途中で時計を見て、葉二が声を上げた。

確かに誰をどこのテーブルにまとめようかなど、数ヶ月先の未来を語る前に、目の前の夕飯をなんとかしなければならない時間帯である。

「ほんとだ。ご飯どうしましょう」

「とりあえず、野菜にだけは困らねえな」

「そうですね……山邑部長から、色々貰《もら》いましたからね……」

招待状を広げていたダイニングセットから立ち上がり、葉二とともにキッチンへ移動する。

山邑部長の畑コンサルの報酬として、枝豆とインゲン以外にも、収穫した野菜を色々と押しつけられ——いや、恐れ多くも下賜されてきたのである。

キッチンの床に置いたままのビニール袋を覗《のぞ》きこんで、あらためてその量に目眩《めまい》を覚えた。

「キュウリ六本とか、どうします。うちの冷蔵庫にも二本あるんですけど」

「……わかった。それは俺がなんとかする」

「するんですか」

「まもりは素麺《そうめん》でも茹《ゆ》でてくれ」

わかった。それはこちらで対応しよう。信じるぞ亜潟葉二。

まもりが大鍋に水を入れて湯を沸かしていると、葉二はベランダから青トウガラシと、パクチーを収穫してきた。どちらも少量でも強烈な個性を主張する、エスニックの王様だ。

さらに冷蔵庫の野菜室を開け、まもりが自分のサラダ用に買っていた大玉トマトを取り出し、中の種を抜いてからざくざくと刻み始めた。

「うわ、珍しい。トマト嫌いの葉二さんが、シシリアン・ルージュ以外のトマトを」

「ぐちゃっとした部分を取りゃ、生でも少しは食えるようになったんだよ」

しかも生食する気か。三十三歳でも人は進化するようだ。

薬味を含めて野菜を全て刻んでボウルに入れてしまうと、ゴマ油にニンニクのすりおろしとレモン汁、ナンプラーとハチミツを加えて、ざっくりと混ぜる。

「よし、こいつでたれはできたぞ。馴染《なじ》ませた方がいいから、冷蔵庫に入れて冷やしておくな」

お湯が沸いてきたので、まもりも『揖保乃糸《いぼのいと》』を茹で始める。

一方葉二は、問題のキュウリを何本も洗って並べて塩コショウを振ると、さらに茶こしで小麦粉を振りかけた。

「よ、葉二さん?」

「こいつを、フライパンで焼く！　丸ごと！　油引いて！」

切らないのかよ。えらいことが始まってしまった。

本当に葉二は、小麦粉のまぶさった大量のキュウリを、フライパンに敷き詰められるだけ敷き詰めて、じゅうじゅうと焼きはじめた。キュウリの丸焼き、あるいは姿焼き状態である。

基本は中火で蓋をし、途中で転がして位置を変えつつ、薄衣《うすごろも》のキュウリはこんがりと焼き付けられていったのである。

「……葉二さーん。お素麺、もう食べられますよ」

まもりは食卓から呼びかける。

茹であげてから冷水でキリリと締め、三倍濃縮のめんつゆもいい案配に薄めたので、いつでも食べられる状態だ。

「よし。こっちもできたぞ」

葉二が、大皿に山盛りの焼きキュウリを持ってきた。

「ひー、全部載せですか」

「これにな、さっき作ったトマトのたれをかけて食べるんだ」

「な、なるほど……」

「あと枝豆を、魚焼きグリルで焼いといた」

葉二はキュウリと一緒に、大鉢もテーブルに出した。

アルミホイルごと無造作に放り込まれた、焼き枝豆が入っている。皮ごと焼き付けた香ばしい匂いに、まもりの食指も動いた。

「――行けそうな気がしてきた！」

こうなると、何事も気合いだ。おいしいという思い込みが大事なのだ。

「さ、食うぞ」

二人ともいそいそと席について、晩ご飯となった。

（さーて、焼いちゃったキュウリって、どんなもんでしょう）

何せ切らずに丸ごと一本の状態で焼き付けたので、取り皿に載りきらない。見た目はこんがり黒々、キュウリの黒焼きと言った雰囲気だ。ナイフでさくさくと適当に切り分けてから、各自の小皿にサーブした。

冷蔵庫から出してきたばかりの赤いソースを、たっぷりとかける。

「どうだ？」

「……これは……」

まもりは悩んでしまった。

少なくとも、日頃まもりが生食している、こりこりポリポリとした歯ごたえや風味は、完全に消えている。

「冬瓜《とうがん》に似てると思わねえか？」

「ううん、そこまで水っぽくない。もっと近いのがあるはず」

衣をはたいた表面はカリカリ香ばしく、中身はしっとり——。

「あ、あれだ。大根ステーキに似てる」

「それだ」

葉二にも納得された。

厚めの輪切りにした大根を下茹《したゆ》でし、フライパンでじっくり焼き付けて作るのが大根ステーキだが、あの冬の味覚に食感がそっくりなのだ。

「知らなかった。キュウリって焼くと大根になるんだ……」

「下茹でいらねえのはいいな」

しっとりしつつも癖がないので、パンチの効いたピリ辛エスニックソースとの馴染みも抜群だ。ソースを和風にも、サルサ風にもできるかもしれない。

「うわー、ほんと雰囲気変わる。焼いてもおいしいんですね、キュウリって。これならぺろっと行けちゃいそう」

生でキュウリを沢山食べるのは覚悟がいるが、この焼きキュウリは別だ。一人二、三本は、簡単に食べられてしまうだろう。

大皿を平らげる道も見えたところで、自前で茹でた素麵をつるり。

さらに、収穫したての枝豆を食べる幸せよ。こちらはまた旨《うま》みが濃いのだ。

「焼きガニも焼き栗《やぐり》もそうですけど、焼いて水分飛ばす場合は、茹でるより味が濃縮された感じになってイイですよね……ふふふ」

「それにつけてもビールがうめえ」

勝手に晩酌も付けている葉二が、しみじみ呟《つぶや》いている。

しかし、今日は素直に夫をねぎらうべきだろう。

「葉二さん。本当に今日は一日、お疲れ様でした。つきあってくれて感謝してます」

まもりは、テーブルの向かいの葉二に頭を下げた。

「……殊勝すぎて気持ち悪いんだが」

「いや、だって。部長の件だって、もっと普通に終わるつもりだったんですよ」

ただ単純に、野菜の面倒だけ見るはずだったのに、どうしてああなってしまったのか。

後半、お子さんと言い合っていた山邑部長は、ちゃんと仲直りできただろうか。

ペーペーとしてはうかつに突っ込むこともできず、解散してからもモヤモヤと消化不良感があった。

まもりはカット済みの焼きキュウリをつまみながら、日頃の山邑花子像について考えた。

「……部長って会社じゃ『女帝』なんて呼ばれてて、ばりばり格好良く仕事して出世して、みんな家族はいない独身の人だって思ってたぐらいなんですよ」

「そうなのか」

「でも本当はそうじゃないのにそう見られるような生活してたっていうなら、お子さんは辛《つら》いだろうなってちょっと思っちゃった」

「あの年で役職付いてるなら、そりゃ色々あるだろうよ」

「……そうですか？」

「俺が最初にいた事務所じゃ、まず女の管理職自体いねえんだよこれが。その前にみんな辞めてたから。体壊すか独立するかで」

葉二はなんてことない口調で喋《しゃべ》りながら、ビールに枝豆をぱくついている。

これはまもりの方が、まだ子供の側にいるからかもしれない。ママなんて嫌いと叫びを上げていた、娘さんの方に同調しているふしがある。

葉二は逆なのだろうか。

「ま、辞めてやったのは、俺も一緒だけどな」

「……葉二さんって、基本熟女に甘いですよね」

「おい」

少し拗《す》ねた気分になり、焼きキュウリの皿に余っていたトマトだれを、素麵のつゆにどばっと突っ込んでみた。そうやって素麵を食べたら、まあこれが意外に乙な味でびっくりしたのだった。

＊＊＊

昼休み終了から一時間は、デスクワークで一番眠たくなる時間帯かもしれない。

まもりも給与計算の画面を前に、寝るな寝るなと必死に意識をつないでいたが、「あぶう……」という赤ん坊の声には驚いた。

（へ、なに？　赤ちゃん？）

ちゃちな眠気も吹っ飛んで、あたりを見回す。すると人事課の入り口に、抱っこ紐《ひも》を付けた女性が立っており、丸々とした赤子が彼女の胸元におさまっていた。

「わ——近藤《こんどう》さん！　久しぶり！」

横で杉丸が立ち上がって、女性のもとへ駆け寄った。

「す、ぎ、ま、る、さん。お元気そうだね」

「そっちこそ。元気そうで良かった。今日はどうしたの？」

「うん、この子の健診がてら、復帰の相談」

「いよいよかあ。ステーショナリー課の人たちも、みんな近藤さん待ってますよ」

「笠原《かさはら》課長います？」

「いるよいるよ。課長、近藤さん来てます！」

杉丸に声をかけられ、ごま塩頭の課長が立ち上がる。

打ち合わせ用のブースに移動していく中、女性社員が抱える赤ん坊をあやし、珍しく相好を崩していた。

「赤子が産まれ、戦力が増える。いやあ、いいことだわ」

杉丸が独り言のように言って、機嫌よく仕事を再開している。

――いいこと、か。

実際、まもりも入ってみて実感したことだが、マルタニは二十代や三十代の女性の離職率がとても低いのだ。結婚退職どころか、誰かが子供を産みますと言ったところで、『ああそうなの。しばらくたったら戻ってきてね』と言って終わりそうな感じだ。

若い子育て世代に理解がある、大変恵まれた職場なのだ。

だったらどうして、山邑部長は家族の匂いを消していたのだろう。

自分の周りから生活感をそぎ落として、人とも馴《な》れ合《あ》わず、孤高をよしとして。

彼女より上の役職で、既婚女性どころか女性が一人もいないことに、何か関係はあるのだろうか。

「……亜潟さん？」

参った。今まで意識していなかった、分厚い扉が目の前に出現して、音をたてて開いていった気がした。

──ちょっとカメラの方向を変えれば、見えてくるものは違ってくる。今なら少し、葉二の言うこともわかる気がした。

会社を定時で上がり、早めに地元駅へ戻って来られた時、まもりに選択肢は二つある。その一、駅近のジムで運動する。その二、夕飯の食材を買って帰る。

（……今日はもう、お惣菜《そうざい》買って帰るでいいかなあ。なんか疲れちゃったよ）

県をまたいで通勤時間がかかるまもりと、同じ神戸《こうべ》市内だが勤務時間自体が長い葉二。それでも先に帰宅した方が夕飯を作るというルールを導入した結果、平日のうち三日はまもりが何かしら作っていた。

駅前のスーパーで、カゴを持ってうろうろしていると、珍しい人を見かけた。

（あの子……部長の畑にいた子だよね……？）

全体にふっくらとした体型や、部長によく似た目元の感じは、印象が強すぎて忘れようがなかった。

今日はTシャツに麦わら帽子ではなく、学校の制服姿で、二十パーセントオフのシールが貼られた唐揚げのパックを、じっくりと品定めしている。

カゴにはすでに洗剤と、ウエットティッシュが入っていた。あの家は今、家事を切り盛りしていた人が入院中だろうから、一人で大変なのかもしれない。

こちらが穴が空くほど見つめてしまったせいか、向こうもまもりの存在に気がついた。

まもりはとっさに微笑《ほほえ》んだ。

「こんばんは。山邑潔良ちゃんだよね？　潔く良い子の潔良ちゃん」

「……はい。そうですけど……なんなんですか？」

やっぱり当たりだ。

「わたし、マルタニで働いてるの。土曜日にお母さんと一緒に畑にいたの、覚えてる？」

母親の勤める社名を出すと、潔良は「ママの……」と余計に警戒心をあらわにした。嫌悪感、に近いかもしれない。

これ以上はおせっかいになると、ツノを出した杉丸の顔とともに思ったのは確かだ。けれど部長の秘密は誰にも言えないし、せっかく会えた彼女とこれで別れるのも惜しい気がしたのだ。

――自宅ではなく、人目に付く公共の場なら大丈夫だろうか。

「あの時のこととか、ちょっとお話ししたいなって思って。良かったらこの後、お夕飯とか一緒にどう？」

ダメでもともと。無理強いはしない。断られればそれまでと思っていた。しかし、最初に警戒心を見せたわりに、潔良はおとなしくまもりについてきた。

今はスーパーを出てすぐのファミレスに入って、ドリアを黙々と食べている。

（ごめん葉二さん。葉二さんもなんか適当に食べててね）

心の中で夫に謝りつつ、まもりは説明を続ける。

「――つまりね、潔良ちゃんのおばあちゃんの畑は、脇芽かきとかのお手入れをしただけだから。もう収穫も全部終わって、植えておいてもしょうがないものは抜いたけど、そのぶん土は元気になったはずだよ」

「……そうですか。大変ですね」

こうして向き合っていてもあまり目を合わせようとせず、どこか諦めたような空気が漂うのが、気になると言えば気になった。厭世《えんせい》的とでも言うのだろうか。

元来は、あまり自己主張をするタイプではないのかもしれない。

自己主張の塊のような部長が親となれば、むしろそうなるのが自然な気がしてきた。

「潔良ちゃん、おばあちゃんがいなくても、一人であそこに通っててくれてたんでしょう。それがいきなりあんな風になってたら、びっくりするよね。驚かせてごめん」

「別に……社員さんに文句言っても、しょうがないですし」

潔良は気のない相づちを打ちつつ、ドリアの下に敷いてある、間違い探しを解いている。

「何か、他に聞きたいこととかある？」

店内のざわめきが大きく聞こえてくる中、潔良は伏せ目がちのまま首をかしげた。

「大人になったら、上司のためにああいうことするとか、よくあることなんですか。シャチク手当とか出てるんですか？」

「……山邑部長は、直接の上司ってわけじゃないよ……」

「そうですか」

「本音を言えばね、わたしの方が知ってもらいたかったのかも。潔良ちゃんのお母さん、すごい人なんだよ」

そこで初めて、山邑潔良が正面を向いた。

前に一瞬見せた生の感情——実母への嫌悪感が、また顔を覗《のぞ》かせていた。

「知ってる。出世命で海外赴任までしたやり手の営業マン、でしょ。あだ名は『女帝』だけどほとんど男。スゴイスゴーイ」

「違うよ。部長は会社で初めて子供産んで管理職になった人なの。ものすごく勇気がいることだったんだよ」

まもりレベルでも見られる人事データからも、わかることは沢山あったのだ。

「……単に辞めたくなかっただけじゃないの。あの人、負けるの嫌いだから」

「うちの会社ってね、もともとすごく古い体質で、女の人は妊娠したら辞めちゃうかパートに切り替える人ばっかりだったの。でも、そういう頃に産休だけで復帰して、一生懸命仕事して、それ以外の道があるって証明してみせたのが潔良ちゃんのお母さん。それで管理職になったら、今度は部下の人に自分が取れなかった育休も取らせてあげて、今は時短で働いてる正社員も大勢いる。本当だよ」

がんばる中で、自分の家族がいないかのように働くしかなかったのは、社内に理解者がいない状況では仕方のないことだったのかもしれない。

でも、後身の芽は育ってる。

杉丸を始め、沢山のママ社員がマルタニのあちこちで働いていた。

「『お母さん』のまま働くことを、諦めないでいいようにしてくれたんだよ。潔良ちゃんのお母さんは」

ここまで制度を整えたのは、田中部長を筆頭にした総務部の人間だと思う。でも、積極的に利用して使える雰囲気を作ったのは、『女帝』山邑花子がいたからに違いないのだ。

まもりの話を聞いた潔良は、完全にはピンと来ていないようだった。高校生の女の子では、しょうがないのかもしれない。

だけど、心の隅に置いてもらえたら。いつかピースがそろって、視界が変わる日が来るかもしれない。

まもりの前を歩く人がそう願ってきたように、まもりもまた種をまいてみたのである。

＊＊＊

――ああ、しんどすぎる。

その日、山邑花子は会社でいつも以上の過密スケジュールを集中してこなし、退勤後に実母の入院先へ直行した。そこで主治医から病状の説明を受け、さらには地元駅にたどりついてからスーパーで生鮮品の買い物をし、歩いて自宅に帰ってきたのである。

せめてタクシーを使うべきだったか――。

腕に食い込むビニール袋の重みが、煩わしくてしょうがない。着ている服にも、一ミリも合っていない。仕事でシビアな商談をするのとは、また別種のしんどさだ。

しかし実の娘になじられてから、花子の意識も多少変わったのだ。忙しかろうが、最低限、夕飯の用意ぐらいはやってやろうと思っている。

(やればいいんでしょう、やれば)

諦めは敗北を呼ぶのだ。『今さら』だろうと、花子の子供は潔良だけである。他に代わりはいないのだから、行動で意志表示するしかない。

己を鼓舞しながら門扉を開け、メールボックスを確認してから、家の中へ入る。

室内は、相変わらず雑然としていた。こだわってきたインテリアは見るも無惨な状態のままだが、まだそちらは無視する。

リビングのソファに、一人娘の潔良がいた。

小脇に飼い猫を抱え、テレビをつけたまま、ピンクのカバーがついたスマートフォンをいじっている。

てっきりいつものような無反応かと思いきや、蚊の鳴くような声がした。

「……おかえり」

「そ——そうね。お腹減《なか》ったでしょう。今から夕飯の用意するから」

「いいよ別に。ファミレスで食べてきたから」

こちらの出鼻を正確にくじく一言に、買い物袋を落としそうになった。

(この子は)

そうならそうで、どうして連絡ができないの。他人の手を煩わせないで。今日がどれだけ大変だったと思っているの――ふだんなら山と出てくる叱責が、この時はなぜか口にできなかった。

そもそもこの子は、花子を家族だとは思っていないのである。そのことが、急に実感をもって胸に迫った。

仕事で失点しないことが第一で、日々の食事などは母親に任せきりで。娘が何を食べたか気に掛けることも、ほとんどなかったのだから。

こちらが勝手に変わろうとしているのだから、本当に今さらかもしれない――。

(……猿よ。あと熊の手)

なんとか冷静になる呪文を唱え、買ったものを冷蔵庫へ持っていこうとしたら、潔良が言った。

「あのさあ、ママ。そんな無理してがんばらなくていいよ」

花子は、その場で足を止めた。

「ママが忙しくて、そういうの超苦手なのわかってるし。ママのぶんなら、そこにあるから」

ソファに座る娘の、指さす先を見た。

ダイニングテーブルの上に、ラップのかかった唐揚げの皿と、キュウリのおかか和《あ》えと、白いご飯があった。

『ご飯と唐揚げはチンして！』と、キャラクターものの付箋が貼ってある。

「……潔良が作ったの？」

「……おいしくないかもしれないけど」

潔良は小さな声で謙遜したが、味は問題ではないのだ。

荷物を片付けてから、花子は娘が作ったという夕飯を、生まれて初めて食べた。

指示通りレンジで温めた唐揚げは、明らかにお惣菜《そうざい》の味で、ご飯も少し水っぽかった。

潔良は、ソファの背もたれ越しに、じっとこちらの様子をうかがっている。

「おばあちゃん、まだ退院できないの？」

「……ちょっと難しいわね。これから手術することになったの」

「そっか……」

まだしばらく、今の生活が続くだろう。会社で男なみに張り合って、病院に通って弱った母を励まして、隙間を縫っての家事。

賢《さか》しさを手に入れるかわりに体力が落ちて、苦しみ自体に慣れる日はないのかもしれない。またきっとなんとかなるという思いと、今度こそ駄目かという思いが、いつも同じぶんだけ胸にある。いつもいつも。

「潔良にも迷惑かけるわ」

「いいよ。わたしも自分のことは、できるだけ自分でやる」

「どうしちゃったのよ、この子は」

「えー、なんで。普通だよ」

生意気なことを言いながらも、潔良はくすぐったそうに笑った。

歯が生えるか生えないかの、幼子の頃の顔を思い出した。

「ところでママ。ご飯、おいしい？」

「……キュウリがいい味してるわ」

「てきとー！　切っておかかかけただけやん！　そりゃほんと言えば唐揚げは買ってきたもんやけど。おばあちゃんの畑のだからって、ゲタ履かせてもらってない？」

「そんなことないわ。ママが作ってもこうはならないもの」

「本当？」

花子は、深々とうなずいた。実際にお世辞ではない。瓜《うり》に特有のアクもないし、味が染みたわりに色もいい。ここだけが料亭の味だ。

潔良は、ふっくらとした、悪く言えばやや肥満ぎみの頬を赤らめた。

「そっかー……やっぱ人事の人に『板ずり』ならったのが効いたんかな」

「え？」

聞き返したら、潔良は「なんでもない。内緒」と多くを語らなかった。なだめても詰問しても同じで、まったく年頃の娘というのは、とかく気難しい生き物のようだ。

それでも。薄々感づいてしまうのもまた、親という生き物なのだと思いたい。

花子の脳裏に思い浮かんだのは、慌て者の新入社員の顔で、この推測はたぶん間違っていないように思うのだ。

（あの子ね――）

＊＊＊

午前八時台の神戸線に揺られ、淀川《よどがわ》の向こうにそびえる高層ビル群が近づいてくると、毎度のことながら憂鬱な気分になってくる。

それでも毎回、えいやっとばかりに電車を降りて、社内で叱られながらバタバタ仕事をして、まもりの会社員としての一日が過ぎていく。

（やばっ、閉まっちゃう！）

たとえば勢いで滑り込んだ、エレベーターの籠の中。その中に、予期していなかった先人が乗っていることも、まああるにはある。

「……何階？」

「さ、三階をお願いします」

山邑花子営業部長は、黙ってエレベーターのボタンを押した。

本日も弊社の女帝に隙はなく、トレードマークの大きなイヤリングと、洗練の極みのようなハイブランドのスーツが、大変お似合いだった。

相手は会社の偉い人で、こちらはぺーぺーの新入社員だ。本来接点などあるはずもなく、今もお互い約束を守って、社内では口をきかない。

「……娘が世話になったみたいね」

「えっ、なんでしょう」

ただ部長が時々、天井に向かって独り言を言うことはある。

まもりがうっかり聞き返すこともある。

「とぼけるならいいわ」

そうそう、全てはうっかりと空耳の産物だ。

「オクラが最近、曲がって生えてくるらしいんだけど」

「わかりました。今度うかがいます」

エレベーターが、三階で開いた。まもりは一足先に、人事課の職場へ向かう。

これはまもりが勤める会社の話だ。もしかしたら、どこにでもある話かもしれない。

その後の小話

——東京都《とうきょうと》、練馬区《ねりまく》某所。

亜潟北斗《あがたほくと》の横では、六本木園芸《ろっぽんぎえんげい》の名物店長、六本木志織《しおり》が声を弾ませていた。

「そう、そうなの！　わかったわ、ドレスとタキシードはもう決まってる？　決まってるのね。じゃあお写真を送ってちょうだい。返事なんて、オッケー以外ありえないでしょ。猛烈にプリティーで決まってるの作らせてもらうから！」

なんか志織さん、今日はいやに機嫌いいなあ。

北斗は付属校から律開大学《りっかいだいがく》に進学しても、いまだにここのカフェ部門でアルバイトを続けている。今はカフェレストランのシフトに入る前に、生花などを取り扱う本店側の建物で時間を潰しているわけだが、店の電話に向かって喋《しゃべ》る志織は『るんるん』で、明らかに浮き足だって見えた。

「ああんもう、腕が鳴るわあ」

受話器を本体に戻しても、その場で両手の関節をばきばき鳴らしているぐらいである。

「なんかいいことあったんすか？」

「ありよありよ、大ありよう北斗ちゃん。なんと神戸《こうべ》から、ウエディングブーケとブートニアの注文が来ちゃった。プリザーブド・フラワーで」

プリザーブド・フラワーとは、生花や葉を薬剤に沈めた後、水分を抜いて保存性を高めたものだ。乾燥させるだけのドライフラワーと違って外見は生花とほぼ変わらず、自然界にない色合いも実現可能で、それでいて抜群に保《も》つ。その特性を活《い》かして、実際生花でウエディングブーケを作ってから、長期保存のためにプリザーブド・フラワーに加工し直してもらうサービスもあるそうだ。

これはまがりなりにも園芸店の敷地《しきち》にあるカフェで、まる三年以上バイトをしてきたことで得た豆知識である。

しかし神戸からとな。

「……もしかして、叔父さんとこの式？」

「その通り！」

志織はばちんと片目をつぶった。やはりそうか。

「本当なら会場の装花一式、まるっと引き受けたいとこだけど、関西なら仕方ないわ。ふふふ……見ててちょうだい。誰が見ても納得のウエディングブーケ作っちゃうから。びっくりしても知らないから」

東京でやるとなったり延期したりと、擦った揉《も》んだがありはしたが、ようやくここまで来たかと思うと、北斗でも感慨深くなる。

今は八月のお盆時で、叔父の葉二《ようじ》とその妻まもりの結婚式は、来月の四連休に迫っていた。場所は関西の神戸。親族の北斗はもちろんのこと、確か志織も友人枠で招待されていたはずである。

「お式の前は、どうするの北斗ちゃん。お母様と一緒にホテルに泊まるの？」

「どーすっかなあと思って。それよりユウキんとこ泊めてもらうのもありかなとか」

「ああ、いま京都《きょうと》にいるんだったわね」

「そう。キョーダイセイだから」

まもりの弟である栗坂《くりさか》ユウキは、自由な校風と盆地の暑さに面くらいつつ、京都市内の安アパートで元気にやっているらしい。ちなみに北斗はまだ行ったことがない。可愛《かわい》い彼女は一回呼び寄せたらしいので、北斗も友人として一回ぐらい押しかけても許されると思っている。ぜひとも抹茶ソフトと田楽と、京都ラーメンが食べたい。

こちらが食い気にうつつを抜かす一方で、志織は叔父夫婦から受けた注文を、大事に大あの二人の事に書き写している。

「式に呼んでもらえるだけでも嬉《うれ》しいのにね。こんな名誉なことってある？　一生のお写真に残っちゃうのよ」

ねえ叔父さん、見てよこれ。志織さんウッキウキだよ。

当日がどんな感じになるかは知らないが、叔父さんたちけっこう幸せなんじゃないかな。

東京は練馬の片隅で、ぼんやり物思う北斗なのであった。

三章　まもり、いざ挙式。バージンロードはゆっくり歩こう。

結婚式本番を七日後に控え、まもりはウエディングドレスの最終フィッティングを行った。

すでにドレスに合わせる小物一式も決まり、ヘアメイクのリハーサルも終わった状況だった。普通ならこのタイミングでの調整は、行わない場合も多いらしい。だがまもりの場合、一ヶ月前の時点で背中と二の腕の肉を退治しきれなかったため、ぎりぎりのこの時期に最終フィッティングの場が設けられたのだ。

ビスチェタイプのドレスの、編み上げの紐《ひも》が担当者の手によって締められていく。

「……いかがですか？」

「大丈夫です。息はできます」

まもりは鏡の前で、呼吸を続ける。

「ここでも無理があるようでしたら、ボレロか付け袖をお薦めする他ないと思っておりました」

「ええ。覚悟はしていました」

「必要ございませんね」

どこか感無量といった風情で、担当者が言った。まもりも同感であった。

人間やればできると言うか、見たかぎりドレスを邪魔する無駄な肉が消えていた。二の腕は引き締まり、背中はすっきりしている。

「素晴らしい。尊敬申し上げます」

「がんばりましたから……あと、なんだかんだ言って、鍼《はり》の追い込みが効いたのかも……」

「鍼？」

杉丸《すぎまる》に紹介してもらったのだ。言われた通り怪しさ爆発だったが、結果はすごかった。なんなんだあれ。

現在の体のラインに合わせて、細部の調整をしてもらってから、フィッティング完了となった。

「あとはもう、くれぐれも増やしたり減らしたりしないでくださいね」

「だ、大丈夫だと思います」

何せあと一週間しかないのだ。

このドレスを『北野《きたの》クラシック』本館の新婦控え室《ブライズルーム》に搬入してもらい、当日の朝を迎える手はずになっていた。

さらに式場側のウエディングプランナーさんと、挙式と披露宴周りの最終確認もして、今日はまもり一人だったのでバスで家まで帰った。

「ただいまー……」

留守番の葉二《ようじ》は、リビングでテレビを見ていた。こちらにおかえりを言うより先に、報告をされた。

「おまえ宛に荷物が届いてるぞ」

──荷物？

床に敷いたラグの上に、大きな鳥かごのような形の段ボールが置いてあった。

側面に丸くくり抜かれた窓がついていて、ちらりと薔薇《ばら》らしい花が見える。

「あ──ウエディングブーケ!?」

「そう。志織《しおり》さんが作ってくれたやつだ」

伝票の住所も、東京《とうきよう》は練馬区《ねりまく》の六本木園芸《ろっぽんぎえんげい》で、まもりは嬉しくなってその場で箱を開けてしまった。

「──くっ」

「なんだよおい」

「可愛い！　可愛い！　すっごい可愛い！」

思わず両目を覆ってしまった。可愛いが洪水のように襲ってくる。

（いやー、志織さんすごいわ）

白いラナンキュラスと、くすみの入ったピンクの薔薇を中心に、ころんと丸い形のラウンドブーケに仕立ててあった。新郎の胸元に飾るブートニアも、ブーケとお揃《そろ》いの薔薇だ。

花びらも葉も瑞々《みずみず》しくて、とても加工品には見えない。

デザイン案のスケッチは事前に見せてもらっていたが、現物の力にはかなわなかった。

圧巻だ。

「ねえこれ、志織さんに電話してもいいかなあ」

「いいんじゃねえの」

「ってもう、呼び出しちゃったよ。えい」

発信ボタンを押してしまった。

しばらくすると店の電話と繋《つな》がって、『はい、六本木園芸です』と志織の声が聞こえてきた。

「亜潟《あがた》ですー。志織さん、お花届きましたー」

『あらっ、まもりちゃん？』

「すっごい素敵。ありがとうございます」

まもりは心の底から礼を言った。

『いいのよう。輸送でどこも壊れたりしてない？』

「ないない。大丈夫です」

『良かったわ。それだけ心配だったの』

「プリザーブド・フラワーって、一回色を抜いてまた着色するんですよね。それでこの薔薇のピンクは、すごいなって思いました……」

完璧に『マロン』の、複雑な色味を再現しているのである。

可愛らしい形のブーケだが、あの時間の経過によって色を変える茶系のグラデーションが入っているおかげで、ぐっと大人らしく上品なものになっていた。

『そこは、あたしの一番のこだわりだもの。まもりちゃんのブーケには、まもりちゃんの物語が入ってないと。まもりちゃんと亜潟ちゃんのね』

なんかもう、泣いていいですかと聞きたい。

葉二に連れられ、時に一人で志織のもとに通った、練馬での日々を思い出してしまったではないか。

『あたしもねえ、今でも時々、亜潟ちゃんたちがお店に来るんじゃないかって思うのよ。ほんとに素敵なお得意様だったんだもの』

「……お迎えしたマロン、まだ元気です。今年も咲きそうですよ」

『良かった』

育て方の相談をした、温州《うんしゅう》みかんもだ。そろそろ一番果が食べられるかもしれない。

『当日ね、一番綺麗《きれい》なまもりちゃん見るの楽しみにしてる。それじゃあね』

「はい。ありがとうございます」

まもりは通話を切った。胸がいっぱいのまま、ため息がこぼれた。

「ああもう、好きだわー、大好きだわー、志織さん……」

「無理言って頼んで良かったな」

「ほんとですよ」

まもりは深く同意しながら、葉二が座るソファに腰をおろした。

このウエディングブーケとブートニアは、世界中のどこを探しても志織にしか作れないものだろう。座っていても、箱の窓からブーケの一部が見えるから、まもりは口の端がゆるみっぱなしだった。

にやにやしているまもりの横で、葉二がテレビのチャンネルを変えた。

『──台風十八号が、きょう午前三時、日本の南の海上に発生しました』

ん？

『この台風は勢力を保ちながら北上しており、遅くとも来週末までには、西日本の近海に接近する予想です。今後の天気情報にご注意ください──』

お天気キャスターのはきはきと明瞭な声が、さきほどとは打って変わって静まりかえった無言のリビングルームに響きわたる。

やがて、どちらともなく言った。

「おお……」

「おおう……」

──時は九月。

暑さの峠を越え、何をするにも良い気候だが、同時に台風シーズンのど真ん中でもあるのだ──。

＊＊＊

風がうなりをあげ、養生テープで補強をした窓をガタガタと揺らす。

三十分前に見た時も、風雨の勢いはそれなりにあったが、そこからどんどん威力が増してきている気がする。

「すっごい……歩道の電線が切れそう……」

「まもり、あんま窓の方に近づくな。変なもんが飛んできても知らねえぞ」

葉二に咎《とが》められ、まもりは慌てて開けていたカーテンを閉めた。

時刻は午後六時。台風上陸に備え早めの帰宅指示が出たので、葉二もまもりも交通機関が止まる前に帰ってくることができた。あと少し指示が遅かったら、梅田《うめだ》の方に泊まるはめになっていたかもしれない。

すでに順番に風呂をすませ、お互い部屋着姿だ。

「じ、上陸とかぜんぜん嬉《うれ》しくないけど、お式より二日も早く来てくれたんだから、喜ばないとね」

台風十八号。あなたはこちらがどれだけ祈ろうが、式の準備にかかった時間と費用を説こうが、軒先にてるてる坊主を吊《つる》そうが、決して進路を曲げなかった。しかし、その前のめりなまでの気の早さと、足の速さだけは乾杯だ。

リビングルームの中は、ベランダにあった鉢やプランターが残らず避難してきているので、真《ま》っ直《す》ぐ歩くこともかなわない。

「お。今の停電か？」

「ああもう、さっさと通過なりなんなりしてー！」

不自然にちらつく照明に泣きたくなりながら、葉二がいるキッチンに逃げ込んだ。

「とりあえず、こっちは飯が炊けたぞ」

「はいはい。それじゃ、今のうちにお握り作っちゃいましょうね」

台風の上陸前に握れるだけ握って、来る本番に備え、明日の朝ご飯ぶんまで用意してしまおうというのが、まもりたちの計画だった。

「具はどうします？　おかか？　梅干し？　鮭《さけ》フレーク？」

「ちまちま具を変えるとか、面倒だろ。全部混ぜ込んでいっぺんに握っちまわないか？」

「また雑な……」

「非常時なんだ、贅沢《ぜいたく》言うな。具はこいつだ」

葉二が調理台に用意したのは、おつまみ用のサラミとプロセスチーズ、そして野菜室から生姜《しょうが》であった。

「……お握りなんですよね？」

「もちろんだ。サラミと生姜はみじん切り。プロセスチーズは角切り。これをやるのと、紫蘇《しそ》を収穫してくるの、どっちがいい」

「……紫蘇にします」

「穂紫蘇《ほじそ》ができてたら、そっちも一緒にむしってきてくれ」

来た道を引き返すまもりに、葉二の追加指示が飛んだ。

ちなみに収穫すると言っても、ベランダの野菜関係はみな取り込んである。室内でベランダ菜園の収穫という、非常にシュールなことをするのだ。

「狭いな……どこだ紫蘇の鉢……」

「他の鉢を巻き込むなよ。倒したらことだからな」

わかっている。特に今は、どの野菜の鉢も、傷一つつけずに大切にしなければならないのだ。

温州みかんと薔薇《ばら》の鉢の間に、目的の紫蘇の大鉢があった。

九月ともなると、夏の間便利に使ってきた紫蘇も葉が少々固くなり、かわりに頭頂部から小さな花を咲かせるようになる。つぼみが咲きだす前の花穂が、いわゆる『穂紫蘇』だ。この部分だけが、お刺身のあしらいに添えてあったりする。

(スーパーじゃ葉っぱと一緒には売ってないから、別物かと思ってたけど、ものは同じなんだよね)

まだ比較的柔らかそうな葉と、穂紫蘇を少々貰《もら》おうと思ったところで、ふつりと視界が真っ暗になった。

「おー、今度こそブラックアウトか」

「なに呑気《のんき》なこと言ってるんですか！　これじゃ何もできないんですが！」

「がんばれ。ヘッドライト使うか？」

引き出しから、収穫用のライトを取り出す音がした。

以後、お互いヘッドライト装備で会話をすることになる。サバイバルだ。

「紫蘇と穂紫蘇でございます」

「ありがとな。穂紫蘇はしごいて、茎から外す。紫蘇はこのまま千切りだ」

「はーい、了解です……」

まもりが穂紫蘇を指でぼろぼろしごき取る横で、葉二が包丁で紫蘇を切る。

「で、炊飯器の飯をボウルにあけるだろ」

一番大きなボウルに、炊きたてほかほかのご飯を投入した。

「塩ちょっとと、ここまでで用意した具を全部突っ込んで、ざっくり混ぜる」

サラミと生姜とプロセスチーズ、さらに紫蘇と穂紫蘇だ。色合いはかなり賑《にぎ》やかなものになった。

「あとは一個ずつラップで握っちまえ」

「かかれー」

ヘッドライトを付けてお握りを作ったのも、カーテンを閉めて真っ暗な部屋の中でそれを食べるのも、初めてのことだった。

スマホ経由で台風情報を流しつつ、インスタントのお味噌汁《みそしる》と一緒に、夕飯にした。

お握りを一口食べて、驚いた。

「……へえ。チーズとサラミって、ご飯に混ぜても違和感ぜんぜんないんですね」

「だろ。基本、旨《うま》みの塊みたいなもんだからな。ピザに載せて大丈夫なもんは、だいたい米でもいけるんだよ」

「むしろマイルドに馴染《なじ》みすぎちゃってるところを、生姜と紫蘇でパンチを効かせる方向ですか……なるほどなるほど」

紫蘇と一緒に混ぜ込んだ、穂紫蘇特有のぷちぷちとした食感が面白い。

最終的には、飽きずに夕飯分のお握りを食べてしまった。

「うん、満足満足」

「──さて。無事腹も膨れたし、風呂にも入ってるし、寝るか」

「えっ、今からですか」

「他になんかやることあるのか？」

真顔で聞かれ、まもりは言葉に詰まった。

確かに真っ暗で電気もつかない状況ではあるが、だからこそその怖さはあるし、このひどい雨と風の中で、よく寝ようという気になるものである。

「まあ、まもりは好きにしろ。とりあえず俺は寝るな」

「あ。ま、待ってください」

葉二が立ち上がるので、まもりは慌てて後を追った。この状況でリビングに一人の方が、よっぽど嫌だ。

葉二は歯磨きをした後、本当にベッドにばたんと倒れて寝息をたてはじめた。

（……うわ、寝てるよ）

ちょっとついて行けないかもしれない。
まもりも同じベッドに入ってはみるが、とても眠る気にはなれないので、上半身だけ起こしてスマホをいじっていた。
湊《みなと》『そっち台風大丈夫？　なんかニュース見ると、被害すごそうなんだけど』
まもり『あはは。まさに停電中でーす』
湊『ちょ、やばいんじゃないの』
その具志堅《ぐしけん》湊には、週末土曜の結婚式に合わせ、明日、神戸《こうべ》に前泊で来てもらうことになっていた。
まもり『今日中に抜けるって言うから、明日は普通に電車動くと思うよ』
湊『それならいいんだけどね。新大阪《しんおおさか》駅には、たぶん八時半過ぎに着くと思う』
まもり『了解。会うの楽しみにしてるよ』
そこまで打ったところで、本体のバッテリーにも限界が来てしまった。

モバイルバッテリーに繋《つな》ぎ直すこともできるが――さすがにもう、おとなしく寝た方がいいかもしれない。

けっきょく台風は夜半が一番ひどく、まもりが浅い眠りで目を覚ますたび、横に熟睡している人がいるので、その無神経さと頼もしさが悔しいような羨ましいような、複雑な心地になったのである。

そして、寝たのか寝てないのか実感が全くないまま、朝を迎えた。

まもりがしょぼつく目をこすりながら寝室を出ると、リビングは朝の光でいっぱいだった。

取り込んでいた鉢やプランターは、ブルーシートの上にそのまま置いてあったが、閉めていたカーテンもベランダの掃き出し窓も、フルオープンだ。葉二がガラスに貼った養生テープを、ばりばりと剝がしている。

「……おはよう葉二さん」

「おう、起きたか。見ろ、台風一過だ」

ピーカンの青空を背景に、葉二が歯を見せ笑った。

笑顔まで快晴といった感じであった。

「すごい音でしたよね、夜」

「寝てたからわかんねえ。なんかあったのか？」

あ、なんか今、すごい殺意が。

まもりも隣で、ばりばり剝がすのを手伝った。

「まもりはこのまま出勤して、その後どうするんだ？　沖縄《おきなわ》出身友人Aと会うんだろ？」

「そうです。駅まで迎えに行って、梅田か三宮《さんのみや》で飲み会しようってことになってます」

「前日に飲みすぎんなよ」

「たぶん喋《しゃべ》るのに忙しくて、お水でもいいぐらいですよ」

今日は招待した親族や友人が、続々と神戸入りする予定だ。湊は高校での勤務を終えてから、新幹線に飛び乗って来てくれるらしい。

つもる話は沢山あるが、式の後はまもりたちが新婚旅行で関西空港に向かう予定のため、一対一で話せるのは今夜ぐらいしかないのである。

「バチェロレッテパーティーってか」

「え？」

葉二がにやりと、口の端を引き上げた。

「バチェラーパーティーの女版。式の前日に、独身最後の夜ってどんちゃんするやつ」

「もう籍入れちゃってますけどね」

「せいぜい楽しんでこいよ」

そう言って、剝がし終えた養生テープを、まるでシャワーのようにまもりの上に落としてくれた。

「ちょ、くっつくって」

「あとは捨てといてくれ」

本当にもう。

「葉二さんは、式場に寄ってから出勤してくれるんですよね」

「ああ。車でひとっ走りして搬入してくるわ」

『北野クラシック』への持ち込み品は、志織のウエディングブーケなどの小物類、他に温室の飾り付け関係があるので、けっこうな量なのだ。葉二だけにお願いするのは心苦しいが、職場が近くて融通がきく彼に託すことにした。

ひとまずは、昨夜作ったお握りで朝ご飯とする。

昨日の停電は数時間ほどだったが、密閉度が高い冷凍庫はともかく、冷蔵庫の中身は一回常温に戻ってしまった可能性がある。

「……何やってるんですか、葉二さん」

「いや、念のためそのまんま食うより、トースターで焼くとかした方がいいんじゃねえかと思って」

つまり焼きお握りか。そりゃ普通においしいでしょうよ。

アルミホイルにゴマ油を薄く塗ってから、両面こんがり焼き目を付けて食べてみた。

「……こ、これは……」

「むしろこうするのが完成形だったんじゃないですか、ねえ⁉」

混ぜ込んだプロセスチーズがとろっと溶けた上に、むき出しの部分がちょっぴり焦げたりして、さらに幸せなお味になっているのである。

「……俺は、今までこいつのポテンシャルを何一つ引き出せていなかった……すまない……！」

「うまいよー、うまいよー」

災い転じて福となすというか。朝っぱらから大興奮してしまったのだった。

そしていざ出社したらしたで、今日を区切りにしばらく出てこないので、ぺーぺーなりにあれこれがんばっていたら、残業になってしまった。

「――すみません課長。この次に出てくるのが、再来週の月曜日になります。よろしくお願いします」

「ん。まあ楽しんできなさいよ」

「お先に失礼します」

まだ居残っていた課長の笠原《かさはら》を筆頭に、部署の面々に挨拶をしてから、退勤した。

（――ふう。これで義理は果たしたか）

教育係の杉丸は、時短でとっくに帰っているが、真っ先に言うことは言ってある。

そもそも四月に入社したばかりの身ゆえ、有給の取得もおぼつかない。そんな状況でハネムーンに行くには社内の結婚休暇制度を使うしかないと思っていたが、入社前の入籍には適用されないという落とし穴に撃沈することになったのだ。

社の福利厚生の総本山である総務部人事課の、さらに福利厚生担当の杉丸が抜け穴を探してもどうにもならず、課長にも相談して四連休の谷間に遅めの夏期休暇をぶちこんで錬成したのが、この九連休であった。

（ほんとなんとかなって良かった。ありがとう杉丸さん。職場のみなさま……）

お土産は期待していてくれと言いたい。

マルタニのビルを出ると、葉二に言った通り湊を迎えに行った。

新大阪駅の新幹線改札前で、懐かしい親友の顔をこの目で見た喜びを、なんとたとえれば良いだろう。

「――まもり」

「湊ちゃん」

職場から着の身着のまま、キャリーカートだけ引いてきたような格好の湊が、改札の向こうで泣きそうな形相になった。

双方小走りに距離を詰め、湊が自動改札に『Suica』をたたき付けてゲートを通過。

「あがっ」

「湊ちゃん、切符切符！　新幹線の特急券入れないと！」

できずにびこーんとゲートが閉まって、双方慌てまくったりもした。

「――あー、焦ったわ。ついいつもの癖で」

実家は沖縄、帰省するなら飛行機一択の湊は、新幹線に慣れていないらしい。

夕飯は新幹線の中ですませたというので、湊の宿がある神戸の三宮まで移動してしまうことにした。

ホテルでチェックインの手続きと、旅の荷物を置いてもらって身軽になると、近くのカフェバーに腰を落ち着けた。

湊が一人がけのソファに深く沈んで、あらためて「ふう」と息を吐く。

「マジで遠いわー、神戸。那覇《なは》より近いのに遠い」

「ご、ごめんね」

「いいの別に。式はブラジルだろうがアイスランドだろうが、出席するつもりだったし」

こともなげに言う湊が、頼もしくてならなかった。

「まもりは調子どう？――っていうか、痩せたな！」

「ほほほほ。わかります？」

「これが花嫁の余裕ってやつかあ。拝んどこ」

「湊ちゃんも、けっこう元気そうだよね」

「うん。前にも話したかもしれないけど、仕事自体はめっちゃ楽しいさー。動物園にいるみたいで」

はて。湊の仕事は、高校の国語科教諭のはずだが、動物園とはこれいかに。

一緒に暮らしている小沼周《こぬましゅう》とも関係は悪くないらしいが、向こうは映像制作会社に就職してから、ロケ、ロケ、泊まり込みで家にいる日の方が少ないらしい。

「夜中にこそこそ帰ってきてさ、幸せそうによだれ垂らして寝落ちしてるの見ると、文句も言えんわ」

「なんかごめんね、そういう人にムービー頼んじゃって……」

「いいよ。本人楽しそうにやってたから、気にする必要なし」

実は周には、挙式後のパーティーで流す映像の編集をお願いしていたのだ。

まもりや葉二の子供の頃のアルバムや、練馬にいた時期の写真を、スライドショーのように流すだけだが、細かいところのセンスが光って素敵なムービーに仕上がっていた。

残念ながらスケジュールが合わず出席はしてもらえなかったが、折り合いがついた湊には、パーティーでのスピーチをお願いしている。

「今回司会やる人ってさ、亜潟さんの友達なんだよね？」

「羽田《はた》さん？　そうだけど、湊ちゃんに言ってたっけ」

「ああ、うん、なんか段取り間違えないようにって、当日絡む人全員に連絡つけてきたんだよ」

「ほんとに？　どうやって──」

「え、ＳＮＳかな？」

それは驚いたというか、徹底している。

「最初、弾《はじ》けすぎて本職の芸人さんかと思ったわ」

「デザイン事務所時代の、同期の人なんだって」

——しかし、当日絡むと言っても湊は短い原稿を読むだけで、なんの段取りがあると言うのだろうか。

疑問に思うまもりの手の中で、スマホが震えた。

「今頃は亜潟さんも、うちらみたいに羽田さんと飲んでたりするの？」

「……いやー、それは違うっぽいよ、湊ちゃん」

まもりは生ぬるい気分で、首を横に振った。開けて確認したばかりのメッセージアプリの画面を、また閉じる。

「一緒は一緒でも、なんか今も仕事してるみたいだよ——」

すぐそこの北野で。明日挙式なのに。残念で可哀想《かわいそう》な新郎だった。

＊＊＊

秋本茜《あきもとあかね》が、今早急に欲しいもの。ドラゴンボールの精神と時の部屋。ジョジョのザ・

ワールド。強固な計画性。一瞬で全てが片付くデザイン力。

だめだ。逃避している場合じゃない。

「けっきょくこうなるのが、うちらって感じですよねー」

アシスタントの小野《おの》このみが、パソコンを前に半笑いをしている。

確かに社員一同、こんな時間になるまで居残っているが、茜の場合は直前にクライアントからちゃぶ台返しをくらってからの返事待ちなだけなので、出来が気に食わないから自主ボツを繰り返している勇魚《いさな》と一緒にはしないでほしいと思う。

「おまえら、もういいから電車あるうちに帰れよ」

社長席のモニター越しに、葉二が言った。

「俺はパーキングに車置いてあるからいいが」

「というか、社長こそ帰ってくださいよ。明日結婚式でしょう」

「その式におまえらも出るんだろうが」

そして最初の小野このみの台詞《せりふ》が響いてくるのだ。ようするにみんな駄目だと。

羽田勇魚が、ぽんと手を打った。

「そや。いっそここに全員で泊まって、明日んなったらみんな仲良く式場行きゃええんとちゃう？　すぐそこやし」

「却下」

「駄目」

「絶対イヤです」

賛同者が誰一人いなかったので、勇魚は肩を落とした。

「泊まってどうするんですか。服はどうなるんですか」

「そこはそれ、駅前のマルイが開いたら適当に——」

「イヤー、駄目ー、チーフがすごく駄目ー」

「そんな否定せんでもええやん。ちょいとお茶目口きいただけやろ」

「……悪い。やっぱり俺は上がるわ」

葉二がスマホ片手に立ち上がった。

「どないしたん？」

「まもりがな、飲み会終わったところらしい。店が三宮だから、このまま車乗っけて帰るわ」

言いながら、てきぱきと帰り支度を始めている。

また嫁の話か。

かつては東京の婚約者。そして今は新婚の若い嫁のことになると、優先順位が簡単に入れ替わるのだ、この社長様は。

「社長って奥さんいるのが、実は一番の時短になってるんじゃないですか」

「それだそれ。じゃあな秋本」

茜の皮肉を皮肉とも思わず、葉二は事務所を去っていった。

残されたスタッフ三人は、自分のパソコンに向かいながら感想を言い合った。

「駄目ですよー秋本さん。亜潟社長にそういう言い回し通じませんって」

「わかってるんだけどさ、つい」

「明日、ハニのやつどないなると思う」

「でれっでれに一票!」

「でれっでれかあ……」

「色々おもろいことになるのは、俺が保証するで」

茜たちがネタと突っ込みの嵐の社長を愛《め》でるようになって、はや一年と数ヶ月がたつ。

明日にはでれでれが有力の鬼社長の顔を、社員一同で拝みに行くという、集大成のようなイベントがある。

そうなるとベストコンディションで臨みたいところだし、泊まり込みは嫌なのでさっさと仕事を片付ける必要がある。

ようやく待ちかねた電話が鳴った。

「はい、テトラグラフィクス秋本でございます」

——実のところ、全員の時短になってるのかもね。

勢い社員のスピードや効率も上がるこの環境は、たいがい平和で健全なのかもしれないと茜は思うのである。

＊＊＊

新婦控え室《ブライズルーム》は、花嫁が支度をし、新郎や家族と歓談する専用の部屋である。

ただいま、着替えとヘアメイクが終わったばかりのまもりの周りを、留め袖姿のみつこと、モーニングを着た勝《まさる》が、人工衛星のようにうろうろしているところだ。

「大丈夫よね。今のところ、忘れた物はないわよね」

「……あの、お母さん。ちょっとは座って落ち着いた方がいいんじゃないの」

まもり自身が落ち着かないから。

母は招待した親戚関係の手配にぬかりがないか、考えることに余念がないようだ。父は父で、貸衣装であることも忘れ、カーペットに膝をついてまもりを激写し続けていた。

「あとお父さんも。そんな今からばしゃばしゃやらなくても。このあと記念撮影するんだし」

「何を言ってるんだ、まもり。こういう本番前の自然なのが、後々貴重になるんだぞ」

「そんな……」

「そうよ、お父さんの言う通りよ。神戸のお式で呼べなかった人が沢山いるんだから。浜《はま》松《まつ》の分家の人とか、帯広《おびひろ》のおばあちゃんとか。いっぱい撮って送ってあげないと」

「こっち向け、まもり。ベールをちょっと持って。いいぞー、綺麗《きれい》だぞー」

「うちからお車代を渡さなきゃいけないのは、お義兄《にい》さんのところとあとは……」

だめだ、この人たちはあてにならない。自分のことだけでいっぱいいっぱいだ。

「お父さんさ。そうやって写真がんばってくれるのはいいけど、ちゃんと挙式の手順覚えてる？」

「ん？」

「わたしと一緒にチャペルに入ったら、バージンロードのどこまで歩いていくんだっけ？足は右から？　左から？」

念を押して確認したら、勝はとたんに真っ青な顔で一眼レフを下ろした。

「……ちょっとトイレ行ってくる」

「お父さん！　何回目なの！」

非難する母にも、切り札を切った。

「お母さんも。さっき向こうのお義父《とう》さんとお義母《かあ》さんが、お母さんのこと探してたみたいだよ」

「まあ、亜潟さんたちが？」

「挨拶したいんじゃないかな」

「駄目じゃないそういうのは、早く言ってくれないと。こちらから伺わないといけないのに──」

みつこはさっそく衛星の軌道を変え、新婦控え室を出ていった。

──ふう。これでしばらく静かになる。

ドレッサーの鏡に映るのは、挙式用のウエディングドレスを着た自分だ。短いミモレ丈のドレスの上から、裾を引くロングトレーンのオーバースカートを付けている。さんざん迷った末に、髪は伸ばさずショートボブを貫いてしまったので、大ぶりの花を付けてバランスを取った。レースのベールが、やわらかく肩から背中の半ばを縁取っている。

はたして似合っているのかいないのか、もはや自分では凝視しすぎて判別不能だ。

それにしたってお化粧ちょっと濃くないかなと、鏡に映る自分をじっと見つめていると、まもりの背後にイケメンが映った。

振り返ると、葉二が控え室に入ってくるところだった。

「やっぱり格好いいなあ、葉二さん」

「いきなり何言い出すんだ」

ランウェイも歩ける男前の、真骨頂ではないか。

やや光沢のあるシルバーグレイのタキシードが、長身で骨格がしっかりした葉二の体にぴったりなのだ。襟元に挿したブートニアも、忘れずに付けてくれていた。

「ちなみにわたしは――?」

「はいはい、奥様におかれましては本日も大変麗しくて、オットめは幸せ者ですよ。これでいいか?」

棒読みが入った、なんという薄い反応。というかもうちょっと見ろよ。

まあまもりでも目が慣れてしまったぐらいだし、試着の段階から何度も現物や写真を見せてしまったため、新鮮味もくそもないのだろう。

式の準備を一緒に進めすぎると、こういう弊害があるのかと思った。

まもりは普段からスーツフェチの気があるので、気合いを入れてセットしたフォーマルの葉二は飽きる気がしない。これで白飯何杯でもいける気がする。

「これ、今日式場に届いた祝電だとさ」

葉二が室内のテーブルに、色とりどりの慶祝用電報を並べた。

電報と言っても単なるメッセージだけではなく、台紙が豪華だったり、本体よりヌイグルミの方がメインじゃないのと思うプレゼント付きだったりと、色々だ。

「……あ、バド部の理江《りえ》ぽと有実《ゆみ》ちんからだ。君香《きみか》ちゃんのもある」

「千鶴《ちづる》からも来てる」

「へー……って、建石《たていし》さんですか。どれだどれだ」

「ただ名字が変わってんだよな」

慌てて『建石千鶴』の名を探そうとしていたまもりは、固まった。

「えーと、それはつまり……」

「そういうことなんじゃねえの」

「あ、相手は誰ですか」

「知らねえ。聞いたことねえ名字だったし」

まもりは手を止めたまま、どこか途方もない気分で、祝電のおめでたい台紙の群を見つめてしまった。

千鶴とは農業ツアー以降、年賀状のやりとりと、相手のSNSを一方的に覗《のぞ》くぐらいのことしかしていないが、結婚したとはまったく知らなかった。

思わず架空のマイクを、夫に向けてしまう。

「どうですか、亜潟葉二さん。元カノの近況を、自分の式で知る心境は。屈辱ですか想定内ですか」

「なんだよその言い方は。そもそも俺の方からは、もうずっと連絡取ってねえし。おまえ顔怖いぞ」

「じゃあなんでここに祝電が届くんでしょう」

「志織さんから、式やることでも聞いたんじゃねえの。カフェにイチジク納品してるだろ」

「思うところはないと」

「あるわけねえだろ」

葉二は断言した。

「……あいつはなー、どっかそういうとこあるんだよな。張り合おうっつーか、爪一枚でも下にいるのは嫌的な……他意はないんだろうが」

昔を思い出したのか、複雑そうに顔をしかめてぶつぶつ言っている。

確かに、深い意味はないのかもしれない。

風の噂《うわさ》で知り合いのおめでたい話を聞いて、祝電を出すのは自然なことだ。まもりも今さら、二人の仲や未練を真剣に疑う気はない。

まもりが知っている千鶴は、いつも自分のやりたいことに邁進《まいしん》していて、自立したところが羨ましくて、微妙に真意が読めないところも含めて、はらはらして魅力的な人だった。

——なんだ。今もそのままではないか。

「あーあ。ほんとかなわないや……」

「おまえにそこでへこまれると、俺も責任感じなきゃいけないんだが」

「へこんでるわけじゃないんですよ。みんな進んでくんだなって思っただけ」

実感のこもった何気ない呟《つぶや》きに、葉二も小さく笑った。

「誰だってそうだろ。俺たちだって、今日はけじめの日だ」

彼は晴れの日だとは言わない。自分たちが主役だとも。

もう二人で暮らし始めているし、籍も入れている状況で、なお式を挙げる理由を表現するなら、葉二の言うけじめが一番かもしれない。

「そうですね。けじめましょう」

「さっきゲストラウンジ覗いてきたけど、兄貴も姉貴も到着してたぞ。あとおまえの従姉妹《いとこ》の、例の人」

涼子《りようこ》のことか。苦手意識が伝わってきて、笑ってしまう。

挙式の時間が近づくと、ラウンジにいた親戚や招待客が、いっせいに式場のチャペルへ移動した。

参列者一同が着席後、牧師が壇に上がり、引き続いて入場するのは、新郎の葉二のみだ。

「んじゃ、お先に行ってくるわ」

まもりと勝が廊下の手前で待機する中、白い手袋を片手に持った葉二が、すたすたと歩いていった。

「……なんかお風呂もらってくるみたいな言い方だよね、あれ。緊張しないのちょっと羨ましい……って、お父さん⁉」

なんということだ。横の父が、すでに泣きモードに入ってしまっている。

「まっ、まもり。おまえ、本当にお嫁にいっちゃうんだなあ……」

「しっかりして。これから一緒に入場するんだよ」

「それにしたって早すぎじゃないか。この間までよちよち歩きだったのに……」

いったいいつの話だ。

なだめすかしてもどうにもならず、盛大な音楽とともにチャペルのドアが開いて新婦とその父入場となった時、参列者が真っ先に見たのは滂沱《ぼうだ》の涙な父の方であったとかなかったとか。

入り口でまもりのベールを下ろす役の母と、ぼそぼそと小声で話した。

「……お父さん大丈夫なの」

「わかんないよもう」

カラスにでも聞いてくれ。

結婚式で花嫁がベールをかぶるのは、悪魔に連れていかれないための魔除《まよ》けなのだそうだ。薄衣《うすぎぬ》で視界が遮られると、周りの人の視線も和らいで、誰がどこにいるのかもあまり気にならなくなった。まだ泣いている勝と一緒に、チャペルを一直線に貫くバージンロードを、一歩ずつ足なみをそろえて歩いていった。

祭壇の手前まで来ると、いったん立ち止まって、エスコート役の交代だ。ここまで連れてきてくれた勝から、すでに到着している葉二へとバトンタッチする。

泣きながら頭を下げる勝に、葉二は真剣に一礼していた。

そしてあらためて葉二がまもりの手を取り、牧師が待つ祭壇へ進んだ。

式を取り仕切ってくれる牧師様は、白髪のイギリス人だそうで、ちょっと日本語のアクセントが怪しいが、カーネルサンダース似の優しそうな人だ。

「新郎、亜潟葉二サン。あなたはここにいる栗坂《くりさか》まもりサンを、病める時も健やかなる時も、富める時も貧しき時も、妻として愛し、敬い、慈しむことを誓いますかー？」

葉二が、一拍おいて口を開いた。

「はい、誓います」

カーネルおじさん似の牧師が、満足げに笑みを深くする。

引き続いて、まもりにも同じこと問いかける。

「新婦栗坂まもりサン。あなたはここにいる亜潟葉二サンを、病める時も健やかなる時も、富める時も貧しき時も、夫として愛し、敬い、慈しむことを誓いますかー？」

「はい。誓いま」

「あー、まーあー！」

可愛《かわい》らしくも甲高い声が、チャペルに響きわたった。

「あぶぶぶ……」

「こら。静かに仁那《にな》。悄悄《チイアオチイアオ》！」

これはたぶん、香一《こういち》のところの仁那ちゃん、一歳三ヶ月だろう。お母さんの以慧《いえ》が、後ろの扉からフリフリドレスの赤子を抱えて退場していく。

「誓いますかー？」

「あ、はい。誓います誓います」

振り返って慌てて答えたら、かなりおざなりな感じになってしまった。

こうなるともう、肩の力も一気に抜けて、笑うしかない。予定通りの優良進行な結婚式など、しょせんまもりたちには合わないのだろう。

その後の指輪の交換も、ベールを外しての誓いのキスも、落ち着いて取り組めた。

間近に葉二の顔が迫り、目を閉じたら唇が重なった。拍手が湧き上がった。

全員で賛美歌を歌うと、左右の列席者によるフラワーシャワーを浴びながら、新郎新婦退場となったのである。

——こうしてチャペルでの挙式が終わり、身内だけで記念撮影をしたら、次は場所を移して披露宴である。

まもりのお色直しは頭のベールと、オーバースカートを取るだけ。実に簡単なものである。

（よし。変身完了）

歌舞伎の早変わりのように、ぱっと身軽なミモレ丈のドレスになって、待っていてくれた葉二と一緒に、次のパーティー会場に向かった。

本館のエントランスから、あらためて次の会場である温室を眺めて、まもりは言った。

「思ったより馴染《なじ》んでますね、うちの野菜」

「トマトとパプリカの赤は映えるな」

葉二も同意のようだ。

挙式後の披露宴会場は、『北野クラシック』の敷地《しきち》内にある温室だ。中も外も観葉植物と装花で飾り、ついでに家のベランダから持ってきた鉢とプランターも、共通のカバーを付けて置いてみた。

入り口のウェルカムボードにも、『本日は収穫祭のようなものです。お気楽にどうぞ』と書いてある。

「担当のプランナーさんに、持ち込み品に生えてる野菜を相談する人は初めてって言われましたけど、許可してもらえて良かったですよ」

そしてベランダ菜園の野菜たちも、この日までベストコンディションを保ってくれて良かった。ナスもピーマンも、身割れを起こさずぴちぴちである。

本館の綺麗《きれい》なバンケットルームでは、まずこんなプランは実現できなかっただろうし、ますます温室の方にして良かったと思うのだ。

「んじゃ、行くか。落とすなよ」

「OKですよと」

まもりは葉二の後について、慎重に重いワゴンをごろごろと押していった。

『はい、皆様ご注目。本日一番の幸せもんカップルが、ケーキの自力搬入でご登場です――』

会場内は、両家の招待客を合わせても三十人足らずだ。もとから顔が見える距離の中、司会の勇魚がさらにカジュアルなノリで場を温めていてくれた。

まもりたちは、すでにカット済みのケーキが載ったワゴンを押して、各テーブルを回っていく。

「こんにちはー、ケーキの配達にやって参りましたー」

まずは湊や志織、『テトラグラフィクス』の社員らが集まる、親戚以外のテーブルへ。

「まもりー！」

パーティードレス姿の湊が、興奮に頬を赤くしながら両手を伸ばしてくる。

「見たよー、お式見たよー！　すっごい綺麗だったさー。感動したー」

「ほんとよお！　あたしもう涙止まんなくて、これ二枚目のハンカチだから！」

志織はダークスーツに蝶《ちょう》ネクタイと、お洒落《しゃれ》に決めている。その上でシルクのハンカチを握りしめて、赤くなった鼻をおさえていた。

二人ともそこまで感激してくれるとは、恐悦至極である。

「どうもありがとう。ケーキどれ食べたい？」

ちなみにケーキは、三種類ある。

「これ選べって？　無理。みんなおいしそう」

「ええっと、最初がお花の生クリームケーキね」

青系のエディブルフラワーを多めに飾って、賑《にぎ》やかにしてもらった。フォークを入れると、真っ赤なベリーが顔を覗《のぞ》かせる仕掛けだ。

「二個目が、パッションフルーツのタルト。中に入ってるのはレアチーズです」

「亜潟ちゃんたち、うちでクダモノトケイソウの苗買ってくれたものね」

その通り。志織は鋭い。

「で、最後がレモンとローズマリーのパウンドケーキ。これは地味なんで、ちっちゃいマカロンがおまけに付きます」

「やっぱり選べない！」

葉二の会社の人には、葉二がメインで対応した。

「社長。お疲れ様でーす」

「小野も秋本も、遅刻しないで間に合ったみたいだな」

「当然ですよ。ばっちり美容院も行ってきましたから。ご覧の通り完璧です」

「あの、社長……今回って、ケーキの入刀とかないんですか。ファーストバイトとか」

「ねえな。強いて言うなら、これがそのへんの代わりだ」

「……花嫁が、車内販売の売り子みたいになってますよ……」

茜はワゴンの前で甲斐甲斐《かいがい》しく動き回るまもりが、心配なようだ。

「──あ、大丈夫ですよ秋本さん。これわたしが希望したやり方なんで」

「そうなんですか……」

そうなのだ。

ウエディングケーキ周りのイベントは、プランナーさんに色々案を見せてもらったのだが、ただナイフを入れるだけの巨大ケーキの存在がもったいなく思え、だったら最初から食べやすいサイズのケーキを複数用意してもらったのだ。それを二人で配って回ることで、『初めての共同作業』の代わりにしようと思ったのである。

「湊ちゃん、ケーキ決まった？　お花のね。で、志織さんがローズマリーの。わかったちょっと待って――」

「いいからほら、秋本たちも選べ。どれにする」

「……じゃあ、パッションフルーツで」

「お花のお願いしまーす」

「フルーツ一丁、花一丁」

「はいどうぞ葉二さん」

「お待ち」

リレー形式でどんどん、とケーキ皿がテーブルに置かれ、茜に「ラーメン屋か」と吐き捨てられた。優雅さに欠けてすまない。

友人と会社の人にケーキが行き渡ったら、次は親戚関係の席も回った。

栗坂家の親類縁者のテーブルで、従姉妹《いとこ》の栗坂涼子はシャンパングラス片手にご機嫌だった。

「Hello, 亜潟クン。お式良かったわよ。いいものを見せてくれてありがとう」

「……ケーキはどちらになさいますか」

あくまで淡々と接しようとする葉二に対し、涼子は小首をかしげた。

「んー。なんか私には他人行儀よねえ、昔っから。そもそも私がいたから、まもりに会えたようなもんなのに。もっと仲良くしましょうよ」

「恩を着せられましても、俺があなたを好きになれる要素がないと思うんですよ」

「え、なんで。こんなにいい人よ私。まさか嫌い嫌いも好きのうち？」

「――――」

「葉二さん、抑えて！　涼子ちゃんも、お酒そのへんにして！」

緊迫した場をごまかすケーキを大量に渡して、次のテーブルへ向かった。

その後は亜潟家の初めて会う親戚に挨拶ができたし、まもりと入れ替わりで律開《りっかい》大生になった北斗《ほくと》や、三人家族になった香一夫妻とも、テーブルを回りながら話せて良かったと思う。

紫乃《しの》と辰巳《たつみ》夫妻に、エディブルフラワーの生クリームケーキと、マカロン付きのパウンドケーキを渡したら、最後に残るは栗坂家親族席だ。

機嫌良くワゴンをごろごろ押して、父と母と弟がいるテーブルへ向かった。

「ユウキー。遅れてごめん。ケーキのお届けだよー」

「まりも――」

「どれ食べたい？　なんでもいいよ」

「一番余ってるやつでいいよ」

なんと投げやりな。配慮というより面倒くささが全開な弟に、姉から愛をこめてベリーたっぷりのお花ケーキをあげた。ちなみに一番人気だ。

「それにしてもユウキ……さっき一緒に写真撮った時も思ったけど……」

「なに」

「スーツのサイズ、本当にそれで合ってるの？　七五三みたいだよ」

「ほっといてよ」

「お母さんはー？　レモン好きなら、パウンドケーキのにする？」

まもりの母みつこは、こちらを一瞥し、深々としたため息をついた。

「お母さん……楽しくない？」

「……本当に、よっぽど前の結婚式が気に食わなかったのね、あなたたちは」

子供じみた反発をしようにも、留め袖姿の母の口調は、しみじみと染みいるようだった。

確かに式場もドレスも、全部事後報告で勝手に決めた。野菜のプランターと観葉植物が交じる温室で、場所はどちらの親戚からも遠い神戸で、ウエディングケーキではないものを自分たちで運ぶ。そういう結婚式にしてしまった。

最初にみつこたちと考えていたプランとは、あまりにかけ離れているから、今さらだろうと嘆く気持ちはわかる気がした。

　だからまもりも、真面目に謝った。

「うん。それはわがまま言っちゃってごめん。許してくれてありがとう」

「でもね……いいのよこれで。お料理でもなんでも、二人でやるのが好きなんだものね。そうよね──亜潟さん」

　みつこはあえて、隣にいる葉二の名前を呼んだ。

「いつだったかしらね。まもりとあなたが台所に立っているところに居合わせて、思ったのよ。ああこれは親でも引き離せないって。まもりも楽しそうだったけど、あなたもそうだったから」

　母がこんな風に葉二を前にして、穏やかに思い出話をするのは、初めてかもしれなかった。

　目と目を合わせて喋《しゃべ》るみつこの話を、葉二も神妙な顔で聞いていた。

「お願いがあるの。どうかこれからもね、うちのまもりと楽しく暮らしてあげて。沢山笑って、泣いた時は励ましあって、一緒に生活していってあげて。約束できる？」

「もちろんです。ありがとうございますお義母《かあ》さん」

「だからね、お父さん。もういつまでも落ち込むのはやめて、お祝いしてあげましょうよ――」

後半は、テーブルの向かいで斜に構えてビールを飲んでいる、勝に向けたものだった。

飲みすぎで顔を赤らめた父は、それでも最後は黙ってこくりと頷《うなず》いたから、まもりはドレスのまま抱きついてしまったのだった。

ケーキを配り終わったら、まもりたちも新郎新婦の席について、運ばれてくる料理を食べたり、周に作ってもらった生い立ちやなれそめのムービーを見て突っ込んだりと、楽しく過ごした。

司会の勇魚は、本業がいったいなんだったかを一瞬忘れるほど、水を得た魚の勢いで喋り続けている。

『――えー、このようなお二人が、偶然にも練馬のマンションの五〇二号室と五〇三号室にいて、山あり谷ありゴタゴタありで、無事今日という華燭《かしょく》の典《てん》を迎えたわけです。そのあたりについて、近くで交際を見てこられた新婦のご友人からも、一言いただきましょうか。具志堅湊さん、お願いします』

話を振られた湊が、メモを持って上座へ向かう。

ここまでですっかり仲良くなったらしい志織が、「ファイトよー具志堅ちゃん」とエールを送っていた。

湊は司会席と新郎新婦席の間に置かれた、スタンドのマイクを手に取った。

『ただいまご紹介にあずかりました、新婦友人代表の具志堅湊です。よろしくお願いします』

すでに教師として教壇に立っているせいか、湊のスピーチは思ったよりずっとなめらかだった。カンペのメモを手に持ってはいるが、ほとんど必要ないようだ。

『私と新婦は大学の入学式で知り合い、以後は同じ学部の同級生という間柄です。学科やゼミも一緒のよしみで、彼女の恋バナの相談などはよく受けていました。最初の頃は「うちのお隣にいるサラリーマン風のお兄さんがー、すっごいイケメンで格好いいのー」とか、そういうぽやっとして夢見がちなやつが多かったです』

夢見がちで悪かったな。確かに入学時はそんな感じだったかもしれないが。

『私は話を聞きながら、そのイケメンなサラリーマンがいったいどれだけ素敵な人なんだろうと期待しました。実際その人に会う機会がありまして、そうしたらまあ昼間でも家にいるフリーだし、瓶底眼鏡だしジャージだし口は悪いし人使いは荒いし変な趣味だし、私は本気で親友の審美眼を心配しました。彼氏にするならもっとまともな人がいい気がして、大学の男友達をけしかけたこともあります』

おいおい、我が友人、いくらなんでもストレートすぎないか。

思わず横の葉二の反応をうかがおうとしたら、

『というか、マジで調子にのんなよ毒舌園芸ジャージ――っ！』

マイクを潰さんばかりのシャウトに、それどころではなくなった。

「私は常々ね、一言言ってやりたいと思ってたのよ。いい機会だから言ってやる。あんた年上のくせにまもりのこと雑に扱いすぎ。振り回しすぎ。独楽《こま》じゃなくて人間なんだから。言うこと言わなかったり後回しにしたりするせいで、まもりが何回泣いたと思ってるの。しなくていい苦労いっぱいしたんだから！　わかってんのそこんとこ！」

機械を通すと声が大きくなりすぎるため、後半は新郎席の葉二を睨《にら》みつけての肉声オンリーだった。それでも充分な声量だった。

「おまけにっ、こんな神戸なんて来ちゃったら、簡単に会って慰めることもできなくなるさ――……」

糾弾の声が震えて、湊のパーティー用に整えた眉が下がった。泣くのかと思った。

まもりは、新婦席から腰を浮かせた。

「あの、湊ちゃ」

『──とまあ、不満はそれなりにあったのですが、当の亜潟葉二から花嫁へのメッセージなんてものを託されてしまったので、ひとまずそれを流してやろうと思います。どうぞ』

──はい？

湊が、自分の背後にある、大型の液晶モニターを振り返った。さきほどまで、周が作った生い立ちやなれそめのムービーがかかっていた場所だ。

今は初期のタイトルがループで流れている状態だが、勝手に画面が切り替わった。どこかのオフィスらしい、白いブラインドと無骨なワークチェアが映し出された。

（し、知らないよこんなの！）

以前チェックしたDVDに、こんな映像は入っていなかった。

噂《うわさ》に聞く、サプライズ演出というやつか──？

司会の勇魚も、あらかじめ知っていたかのように、落ち着きはらっている。

まさか自分の結婚式で、サプライズを仕掛けられる側になるとは思わなかった。

画面の中のワークチェアに、仕事着のスーツを着た亜潟葉二が、真面目くさった顔で腰をおろした。

『八月二十日。北野の事務所でこれを撮っている。この映像がまもりを含めた衆人の目に晒《さら》されているってことは、無事に挙式は終わったんだろう。ひとまずよく耐えた。がんばったな俺』

ぱちぱちと、やはり真面目に手を叩《たた》いている。

まもりは自分の横にいる、現物の葉二を問い質《ただ》そうと思った。が、当人は腕組みをして目も閉じて、貝のような黙秘モードに入ってしまっている。

（なんなの、いったい）

まもりは新婦の席で、サプライズのムービーが流れる様を見守るしかない。

『ここからは、ぶっちゃけまもりに向けてだ。どうせ当日の俺は、まもりを褒める余裕もないんだろうしな。今の俺だから断言できるが、単に言葉があふれて何言っていいかわからんだけだ。試着の時点でも惚《ほ》れ直すレベルだってのに、フル装備は絶対恐ろしいことになってるだろ。証拠に、たぶんまともに全身見てないはずだ』

まもりはもう一度、隣の葉二を見た。

彼はさきほどからの貝の姿勢を貫いたままだが、まもりに聞こえるか聞こえないかの小声で言った。

「本当です」

固く目を閉じたまま、それでも認めた。

「これが俺の嫁さんになってくれるのかって、ふわふわして信じられなかった」

ひねくれたくなるのを必死におさえた、たぶん葉二なりの『正直』に、まもりも胸がいっぱいになってしまった。

『俺は基本的にかなり我が強い性質《たち》らしくて、似たように傍若無人な姉貴だの兄貴だのを見て育った結果、猫をかぶってしのぐ処世術ってのを身につけるようになった。それでも人生の選択肢に、毒を吐くか別人になりきるかの二択ができた程度だ。自分を曲げて他人になりきったつもりでも、ストレス自体が減るわけじゃない。そういう時に出会ったのがまもり、おまえなんだよ。事に対して攻撃するか猫をかぶるかしか選べないような人間にとっちゃ、まもりのスタンスは尊敬そのものだ。できればちょっとでも近づいていきたい。これは猫かぶっての美辞麗句じゃ駄目だな。百パーセント今の俺の言葉で言うなら――俺の全部で愛するから。これからもよろしく頼む。俺から伝えたいことは、以上だ』

動画はそれで終わりだった。

あちこちのテーブルから、自然と拍手も湧いていた。

最初泣きそうだった湊が、今は目を細めてまもりに微笑《ほほえ》んでいた。

『……だってさ、まもり。見た？　もうしょうがないから許してやるさーって思ったの。ケンカしたらこの動画流して黙らせてやりなよ』

『花婿さんからのメッセージは以上ですが、花嫁さん、ご感想はありますか？』

勇魚が司会の壇上から降りて、新郎新婦席のまもりに、マイクを手渡した。

「ファイトや」

まもりにだけわかるように、彼は小さく親指を立ててみせた。

──こんちくしょうめ、とまもりは思う。

スイッチの入ったマイクが、まもりの手の中にある。勇魚、湊、たぶん映像を編集した周、この人たちはみんな共犯だ。

なにより、サプライズで人の心臓を駄目にしてくれた葉二め。覚えていろよ。

『……急に言われても、気持ちがうまくまとまらないです』

まもりは両手でマイクを握りながら、つっかえつっかえ話した。鼻の奥が、勝手につんとした。

『これでも文学部卒なんですけどね。すいません、出身関係ないですね。ほんとすいません。とにかく四年前のわたしは、入りたかった大学に入って、一人暮らしができることに浮かれた、大変おめでたい人間だったと思います。当然その洗礼としっぺ返しはすぐ来ることになって、お隣にいた親切で口が悪いお兄さんの助けがなかったら、冷蔵庫の野菜を腐らせる生活どころか、もっとひどい目にあってたはずです。それだけでも、感謝しなきゃいけないと思います』

実際、色々あった。

ベランダで育つ複数の野菜と、その野菜で作った料理がおいしいこと。第二の食料貯蔵庫としてのベランダと、自炊の利点と楽しさ。そういうことに気づくまで、さほど時間はかからなかった。

見つけた気づきは、二人で囲む食卓の愛おしさに繋《つな》がった。朝にまく水と朝日のまぶしさは、離れてからもまもりを支える芯の一つになった。

彼と一緒にいて、彼から与えてもらったものを、総じてなんと呼べばいいだろう。

『……優しい人です。言葉じゃなくて、してくれることが優しい人なんです。わたしの話を聞いてくれます。わたしも葉二さんみたいになりたいって、ずっと思って……』

それ以上はもう、まともに声にならなかった。

まもりはこらえきれなくなった涙で前が見えなくなり、マイクを置いてナプキンで顔をおさえた。ちくしょう。せっかくのプロの化粧がぐちゃぐちゃだ。葉二が手をのばして、そういうまもりの頭を優しくなでた。これでプロのヘアセットもぐちゃぐちゃだ。ちくしょう、ちくしょう。

こちらが置いたマイクを持って、葉二が立ち上がるのがわかった。

『えー、見ての通り新婦が続行不可能になったので、このあたりでお開きにしようと思います』

親族席の北斗が、「何やってんの叔父さん」と、大笑いしながらヤジを入れた。

『うるせえよ北斗』

「泣かした、泣かした」

『ともかく引き出物はテーブルか椅子の下にあるんで、それを持って帰ってください。中身はカタログギフトと、キッチンバサミと、ザルとヘッドライトです』

葉二はもったいぶらず、引き出物の中身を全部説明してしまう。たぶん、知っている人なら、何に使うものかわかるだろう。

わからない人にも、解説をする。

『ハサミとザルとライトは、野菜を収穫するのに使ったりします。今回花嫁がプチギフト配るとかの予定もないんで、そのへんのプランターから適当に収穫してください。それがお見送りのギフトってことで、一つお願いします』

ゲストがいっせいに立ち上がって、それぞれ自分の足下をのぞきこみ、引き出物の紙袋を引っ張り出した。中に今すぐ使える形のキッチンバサミや、ステンレスのコンパクトザルが本当に入っているのを見て、吹き出したり苦笑したりしている。

『言うまでもありませんが、早い者勝ちです』

――ざわり。

温室の空気が揺れた。

実際、見えるところのあちこちに野菜の鉢やプランターは置いてあり、種類も大きさもばらばらだ。ようは欲しい野菜や形の良い野菜は、葉二の言う通り早い者勝ちだとわかってくると、ゲストも真剣味を帯びてくる。

「私、ナスが欲しい」

「なあ葉二君。あの表に置いてある赤いピーマンも、貰《もら》っちゃっていいのかね？」

『はい。赤いピーマンではなくて、パプリカですね。ピーマンの三倍ぐらい手間がかかるんで、収穫できた方はラッキーです』

「おーいハニー、これって司会は混ざっちゃあかんの？」

『お開きっつってるんだから、もういいんじゃねえの？』

「おっしゃ」

葉二もマイクを切った。勇魚が入り口のトマトめがけて、すっ飛んでいく。そこはすでに、主婦を中心にしたゲストたちによる争奪戦が始まっていた。

そうして栗坂家の親戚の人も、亜潟家の親戚の人も、友達も会社の人も、みんな好きなように歩き回って、パプリカが採《と》れた、ナスはあっちだと大笑いするのだ。

（いいなあ）

幸せな、幸せな笑い声だと思ったのだ。

＊＊＊

服を着替えて、諸処の精算も終えて、持ち込み品を車に積んで、六甲《ろっこう》のマンションに帰宅した。

「まもり。ご祝儀は、ちゃんと持って帰ってきたよな？」

「大丈夫です。領収書と一緒に、まとめてそこに……」

いったんベッドに倒れこんでしまったが最後、疲労で起き上がれないまもりは、手だけ持ち上げてクロゼットの中を指さした。

「そうか。後で集計しないとな」

「そうですね。後で……」

「後にするわ……」

葉二も部屋着に着替えようとしていたが、途中でまもりの反対側に倒れてしまった。

彼は埃《ほこり》があがるのもかまわず、乱暴にその場で寝返りを打つ。シャツの前がはだけてしまっている。

「……マジで疲れたな」

「大変でしたね……」

見慣れた天井を見上げながら、同意した。

つい数時間前まで、ウエディングドレスやタキシードを着て、挙式や披露宴をしていた事実が信じられない。

まもりからは見えないが、床の上には明日の朝一で旅立つための、スーツケース二つが置いてある。

ベランダの鉢やプランターは、今日の演出で八割方が終了した。

「……でも、やって良かったんじゃないですか」

まもりは言った。

非常に疲れたし、くたびれたし、ここまで準備をするのも簡単なことではなかったが、おおむねみんな喜んで終われたような気がする。

まもりの中でも、いい思い出になるだろう。きっとそんな予感がするのだ。

「ま、そうだな」

なんとはなしに手を伸ばしたら、葉二の右手に触れたので、マリッジリングをはめたままの指をからめた。向こうが黙って握り返すのがわかった。

ほんの少しだけ休憩だと、そのままうとうとと微睡《まどろ》んだのだった。

その後の小話

午前十時過ぎ。栗坂《くりさか》ユウキは、だだっ広いリビングのソファで目を覚ました。

（……どこだ、ここ）

生まれ育った川崎《かわさき》の実家でも、下宿先のアパートでもない。

Tシャツの腹の上には、朝方寝落ちするまでいじっていた、携帯ゲーム機がある。

徹夜でやりこみプレイから、寝落ちのコンボはいつものことだが、寝起きの景色がいつもと違うのは、勝手が違って落ち着かないものがあった。

まずは園芸用の大きなジョウロに水を入れ、ベランダに置かれた薔薇《ばら》と温州《うんしゅう》みかんの鉢に、水やりをした。

それが終わるとねぼけ眼でお湯を沸かし、インスタントのカフェオレと焼かない食パンで腹を満たしながら、スマホのチェックをする。

（……何をやってるんだろう、僕は）

一人で使うには大きなダイニングテーブルに頬杖《ほおづえ》をつきながら、考える。

姉の挙式で神戸《こうべ》に来て、はや一週間が過ぎた。

連休中に神戸と大阪《おおさか》観光をしていた北斗《ほくと》も、東京《とうきょう》に帰っていった。ユウキはまだ京都《きょうと》に帰らず神戸にいた。

こうして姉夫婦のマンションで留守番をし、鉢の水やりをする役を仰せつかっているので、帰れないのである。

まもりは新婚旅行先からまめに写真を送りつけてきており、正直鬱陶しいぐらいだ。

引き続きソファに築いた巣に戻って、モンハンやったりソシャゲのガチャを回したり、そろそろ始まる大学のレポート関係をいじったりしていたら、玄関ドアが開く音がした。

「ただいまー!」

どこかで聞いたような声とともに、噂のまもりがばたばたと、リビングルームに踏み込んできた。

日本を出る前より、焼けたかもしれない。

ゆったりとしたオーバーサイズのTシャツに、足さばきのいいフレアスカート。両手の紙袋と斜めがけのポシェットも合わせて、いかにも旅装という雰囲気だった。

「やっほう、ユウキ。いま帰ったよ！　ただいま！」

聞こえているから。

「……今日が帰国日だったっけ？」

「やだな、出る前に飛行機の時間までちゃんと書いて送ったでしょ！　見てよ！」

そんなじっくり見てたまるか、身内のハネムーン先の報告なんて。

「ユウキはどう？　マンションいて、困ったことなかった？」

「……別に。水だけは言われた通り、全部あげてたよ」

「ありがとう。お野菜の鉢はなくなってもさ、樹木系の鉢は残っちゃってたから、助かったよ」

ユウキは今さらながら、ソファから身を起こした。

「けっきょくどこ行ってたんだっけ？　ベトナム？」

「シンガポール！　ほんと今まで何見てたの」

だから繰り返すが、身内の新婚旅行なぞどうでもいいのだ。

「まあでも、楽しかったよー、シンガポール。ご飯おいしいしナイトサファリ行ったし、ガーデンズ・バイ・ザ・ベイとか感動したし、ご飯おいしいしビルの上のプールで泳いだし、ご飯おいしいしクルーズもしたしご飯おいしいし」

ほとんど食事しかしていないのではないだろうか。

遅れて姉の夫の葉二《ようじ》が、大型スーツケースを押してリビングに入ってきた。

こちらは柄が入った黒の綿シャツにパンツ姿で、服を着ることはあっても着られることはない、体格の良さが羨ましくはある。

「よう、大福2号。留守番ありがとな」

「……別にいいけどさ。そのあだ名、いい加減やめない？」

「嫌か？　大福」

「まりもとセットなのも嫌だ」

あと永遠に童顔丸顔の、七五三の宿命から逃れられない気がするから。ユウキは姉の暴言を忘れていない。

「そうか……まあこれも、呼ぶようになって長いしな。普通にユウキでいいか？　他にいい呼び方あるか？」

「義兄《にい》さんなんだから、そんな凝る必要ないよ」

ユウキが投げやりに言うと、葉二はなぜか真顔になった。

「……わかった。じゃあその方向で」

低く言って目をそらすと、そのまま手元のスーツケースをごろごろ押して、寝室に入っていってしまう。

(……怒らせた？　僕)

気に障ることでもしてしまったのか。

今さら罪悪感に襲われて戸惑っていると、まもりがすり足で近づいてきた。

「あれねー、たぶん逆。嬉《うれ》しすぎて何言っていいかわかんなくなってるんだと思うよ」

「は？」

「ユウキにお義兄さんって呼んでもらえたから」

耳を疑うとは、このことだ。

「ずっと末っ子だったからねー。実は憧れてたのかも」

「……めんどくさすぎるよ、アガタサン」

もともと偉そうな俺様タイプで、ユウキと同い年の甥《おい》っ子のことは、弟同然に顎でこき使っていただろうに。

それでも弟同然と、義理でも本物の弟とでは、違いがあるのだろうか。

話題の葉二が、またドアを開けて顔を出した。

「なあユウキ。土産で現地のインスタントラーメン買ってきたんだが、持ってくか？　それともここで食ってくか？」

「……シンガポールのラーメンって？　すごい不安なんだけど」

「さあ。なんか世界一うまいインスタントとか言われてるらしいぞ。『ラクサ』って、シンガポール料理の麵。ココナッツと魚介出汁《だし》が特徴」

「大丈夫なのそれ」

「じゃあもう夕飯これにしちまおうな。作り方は……『7min』ってなんだよ。茹《ゆ》で時間七分ってもうインスタントじゃねえぞ」

ぶつくさ言いながら、その夜は姉も巻き込んで三人で台所に立った。謎のシンガポール土産を夕飯にして、食べたらユウキは帰ることにした。

（ほんとめんどくさい）

アパートがある京都の出町柳《でまちやなぎ》まで、在来線で一時間半。

がたごととロングシートに揺られる腹の中は、姉夫婦のとめどない土産話と、世界で一番おいしいインスタントラーメンの余韻でいっぱいだった。

四章　まもり、それでも毎日は続く。初日の出編。

それは、ジングルベルのクリスマスも無事終わり、三宮《さんのみや》駅周辺の飾り付けとBGMが、正月準備一色になる頃にかかってきた電話だった。

「……は？　いまなんて言った？」

ソファで喋《しゃべ》る葉二《ようじ》が、急にシリアスな声になるから、まもりは食洗機に皿をセットする手を止め、何事かと耳をそばだててしまう。

「いや、それでどうするんだよ。そりゃそうするしかないのはわかるけどな……ああ、うん、別にこっちは気にしないでいい。とにかく大事にしてくれよ、年寄りはこじらせやすいんだから」

葉二が、スマホの通話を切る。

端整な顔の眉間に、皺《しわ》が刻まれたままだ。

「どうかしたんですか？」

「お袋がインフルだと」

吐き捨てるような答えに、まもりも「えっ」と驚いた。

「し、紫乃《しの》さ……お義母《かあ》さんがですか。大丈夫ですか」

「薬ももらったし、症状自体は落ち着いてるらしいが……俺たちは感染《うつ》るかもしれないから帰ってくるなとさ」

二人で籍を入れて、最初の年末年始だった。

予定としては、今月の三十日あたりから、葉二の実家に帰省するはずだったのだ。

「それは……残念ですね。せっかく気合いを入れて『良い嫁』ムーブをお見せしようと思ってたのに」

「おまえのそのなんでも楽しむ精神は、マジですごいと思うわ」

何か化け物を見る目で言われてしまった。

しかし香一《こういち》のところの以慧《いえ》と、台湾式の大晦日《おおみそか》で餃子《ぎょうざ》を作る約束は、けっこう楽しみにしていたのだ。

「兄貴ん家も姉貴《ち》んとこも、今回はキャンセルだと。しょうがねえよな」

「かわりにうちの実家に行くにもねえ……」

まもりは遠い目になる。たぶんその頃、川崎《かわさき》には誰もいない。

子供二人が家を出たとあって、まもりの両親は富士山《ふじさん》が見える温泉宿に、年またぎで三連泊の予約を入れてしまったそうなのだ。

「いいよな、富士山と雪見酒。何ヶ月も前に押さえないと、取れない宿なんだろ」

「二人で楽しむ方向にシフトしてくれたのは、嬉しいんですけどね……思ったより切り替え早くて」

むしろ娘の方が追いつかなくて、若干複雑な心境である。

「どうするか。いきなり予定空いちまったけど、俺たちも温泉でも行くか？」

「今からじゃ、どこの旅館もホテルも満室じゃないですか」

「それもそうか」

「旅行はしばらくいいですよ」

食器のセットを終え、食洗機のスイッチを押す。帰省の件を除けば、忙《せわ》しないのを避けたいのは正直な気持ちだった。

キッチンからリビングに向かう途中、カップボードの上に飾ったプリザーブド・フラワーが目に入った。アクリルのケースに入れたウエディング・ブーケだ。

同じ場所に結婚式の写真と、シンガポールで撮った新婚旅行の写真も飾ってある。

あのめまぐるしい一週間と、そこにいたるまでの準備期間から、三ヶ月しか経《た》っていないのだ。もう少し普段の暮らしの中で、余韻にひたっていても許される気がする。

「旅行もなしと」

「そんな無理に遠出とかしなくても、いいんじゃないですか。地味なお正月でも、充分楽しいと思いますけど」

まもりは葉二の横に、腰をおろす。

「考えてみればわたし、葉二さんとお正月って、迎えたことないや」

「……そうだったか？　あっただろ一回ぐらい」

「ないない。一回もない。大晦日に一緒だったり、三箇日が終わってから初詣に行ったことはあるけど、元旦のお正月ドンピシャはない」

何せその時期は、部屋が隣同士だろうと、お互い実家に帰ったりしていたからだ。自分の家族と過ごしていた。

結婚して、ようやく名実ともに家が一つになって、一月一日に葉二といてもおかしくなくなったわけである。

「うわー、なんか今さらだけど衝撃な事実……」

「そうか。じゃあ今回は、二人で遠出もなしの地味正月だな」

「こっち風のお正月行事とか、調べたら面白いかも」

まもりはちょっと楽しくなってきて、ローテーブルに置いてあったタブレットで、検索を始めた。

「……しっかし。そんな初なら、なおさら何もしねえのは癪《しゃく》にさわるな」

「あ……ねえねえ葉二さん。これちょっと面白そうじゃないですか」

まもりは、横の葉二の袖を引いた。

「なんだよ」

タブレットの画面を見せる。

「初日の出を、六甲山《ろっこうさん》で！　ベストスポットでご来光が拝めるらしいですよ」

『六甲《ろっこう》　正月』の検索ワードで、偶然出てきた記事だった。

いつも暮らしている街の背後に連なるお山で、これ以上なくご近所で、それでいて多少の特別感もある。ぴったりではなかろうか。

記事の内容を確かめた葉二も、うなずいた。

「いいじゃねえの」

「でしょう！」

そんな感じで、年越しの方針は固まったのである。

＊＊＊

今年最後の出勤日は、通常業務もそこそこに、全社を挙げての大掃除の日だった。

机周りの片付けはもちろん、課ごとに割り振られた担当箇所を、せっせと掃除するのである。

「なんか学校の終業式前みたいですよね、このバタバタ感」

まもりは会議室のブラインドを、軍手で水拭きしながら思った。遡れば高校以来の感覚で、懐かしいぐらいだ。

ちなみにパーツが細かい上に静電気がつきやすいブラインドは、『女性用ストッキングでから拭き』→『住居用洗剤を噴射』→『軍手で水拭き』→『軍手でから拭き』の順で掃除すると綺麗《きれい》になるらしい。ものすごく参考になった。

「まあねえ。大掃除自体は、法律でやるって決まってるもんだし」

「え、そうなんですか杉丸《すぎまる》さん」

「労働安全衛生規則、第六一九条より。日常行う清掃のほか、大掃除を、六月以内ごとに一回、定期的に、統一的に行うこと」

「ひええ」

さらりとそらんじてみせた杉丸は、大量にある椅子の背や脚を、雑巾で拭いている。

古老の大石《おおいし》は骨董《こっとう》品屋の店主のような風情で機材周りの埃《ほこり》を取り、伊藤《いとう》はインクの切れたホワイトボード用のペンを補充しに、総務部のフロアへ戻ったところだ。

「業者にやらせてもいいんだろうけど、仕事納めに社員全員でっていうのは、マルタニの伝統行事みたいなもんらしいわね」

「し、社長がシークレットで掃除に参加してるっていう噂《うわさ》は、本当ですか」

「新人ってのは、どこでそういううさんくさい小ネタ仕入れてくるのかね」

「あれ、違うんですか」

広報の桃《もも》いわく、確かな筋から得た情報らしいのだが。

「私からは、なんとも申せません。これ、悪いけどお水取り替えてきてくれる?」

杉丸が、雑巾をバケツの水ですすいでから言った。

確かに、かなり汚れてしまっている。

「わかりましたー。行ってきまーす」

うさんくさい小ネタを仕入れる以外にも、新人にできることはあるのだ。

給湯室で水を取り替えようと思ったが、同じことを考えている社員は大勢いたようで、水道の前は結構な行列になっていた。

（――そうだ。上の階のトイレなら、空いてないかな）

あそこは半分倉庫になっているから、倍率は低い気がする。

まもりはバケツの水がこぼれないよう、慎重に慎重に廊下を進んで階段を上る。

実際にたどりついてみたら、下の階の盛況とは打って変わって、ほぼがらがらの女子トイレだった。掃除のおばさんが一名、個室の便器を磨いているぐらいである。ナイスわたしと言いたい。

清掃用のシンクに水を捨て、新しく水がたまるのを、鼻歌交じりに待つ。

「……ちょっとそこ、邪魔だからどいて」

「はい、すいま……うわあああ！」

まもりはバケツをどかそうとし、思わず飛《と》び退《の》いてしまった。

「……私は化け物？」

「すいません、すいません！　まさか山邑《やまむら》部長がいらっしゃるなんて思わなくて」

脳内とはいえ、掃除のおばさん呼ばわりしてしまった。

しかしエプロンにゴム手袋と三角巾の部長など、誰も彼女だとは思わないだろう。特にここは社内だ。市民農園の畑ではない。

動揺するまもりとは裏腹に、山邑部長は黙々と雑巾とブラシを洗っている。

「営業部の割り当ては、全館のトイレ掃除だもの」

「そ、そうなんですか」

「大昔はね、私と事務の子一人で女子トイレの掃除したものよ。他にいなかったから」

「ありがとうございます……」

この大掃除ガチャ、社長のシークレットどころか、役員クラスも紛れているものなのか。

「まあいいわ。いつかは声をかけなきゃと思っていたから」

「はい？」

「ちょっとそこを動かないでね。絶対よ」

部長はゴム手袋とエプロンを外し、フープのイヤリングを引っ掛けないよう三角巾も取ると、そのままトイレを出ていった。

一分後、彼女は再び戻ってきた。

その手に、ブランドものの紙袋をさげて。

「これ、あなたにあげるわ」

「えっ、いいんですか？　そんな悪いです――」

「うちにはもう沢山あるから。世話にもなったし」

いえいえそんな。お気遣いなくだ。

まもりは恐縮してみせながらも、袋を受け取る声は明るくうわずってしまう。現金な女だ。

(部長お洒落《しゃれ》だからなー。悪いなあ、この感じは服かバッグかなあ)

いそいそしながら中を覗《のぞ》くが、

「出がけに母に持たされたのよ。どうしてもって。やっぱりあなたもいらない？」

「いえ……嬉《うれ》しいです……本当に……」

気持ちに嘘《うそ》は全くないし、オチとしては非常にしっくり来るのだが、声が少々乾いてしまうのは許してほしい。

野菜だった。

たぶん葉の感じからして、人参《にんじん》。土付きだ。

「お母様、お元気になられて良かったです……」

「無理はさせられなくなったけどね」

部長は喋《しゃべ》りながら三角巾とエプロンを身につけ、ゴム手袋を再装着する。

そして柄付きブラシと塩素系洗剤を手に、再びザ・掃除のおばさんルックになって、反対側の個室へ向かった。

「ほら、あなたもぼうっとしていないで。早く自分の担当箇所に戻りなさい」

「は、はい。すみません」

「良いお年を」

最後は個室の中から、部長の声だけが聞こえた。

さすがは我が社の女帝様。相変わらず『ツン』の激しいお人だ。

単にそういう気性な人という気もしてきた。

まもりは言われた通り、水の入ったバケツと紙袋を持って、女子トイレを出た。


会議室に戻ったら、杉丸に「遅かったわね」と突っ込まれた。

「すみません」

「やっぱ給湯室混んでた?」

「いえ、それはなんとかなったんですけど……知り合いの人から、いきなりお野菜貰《もら》っちゃって」

「あー、最終日だとね、そういうグダグダあるわよね」

あるあるなのか。

「デスクやロッカー掃除してたら、借りものが出てきたみたいな。そうだ、私も亜潟《あがた》さんにドラマのBOX返さないとね」

「……いつでもいいですよ」

できれば年明けが嬉しい。今日は野菜がある。

「ねえねえ、お野菜くれたって、相手は守衛の若松《わかまつ》さん？　それとも知財課の朝井《あさい》さん？」

「どちらでもないです……」

たぶん、言ったところで信じてもらえない相手だ。言うつもりもないが。

それ以前に『いきなり野菜を配りそうな候補』がそんなにいることに、まもりは驚きを隠せないのだ。これが伏魔殿の底力か。本当にネタには事欠かない会社に入ってしまったようだ。

＊＊＊

まもりと葉二、夫婦双方の会社の大掃除が終わると、今度は家の大掃除。そして年越しと正月の準備だ。

十二月の三十一日。朝からがんばって家の中をピカピカにしたまもりたちは、夕食時になってベランダにいた。

「さて葉二さん。どうしましょうかね」

「いざ言われると、難問だよな。帯に短したすきに長し……」

「今のところ選択肢としては、『小松菜』、『三つ葉』、『春菊』の三つがあるわけですよね」

なんの話をしているかと言えば、年越し蕎麦《そば》の、かき揚げに使う具についてである。

まもりたちのベランダ菜園は、九月の結婚式でいったんリセットしたようなものだった。今生えているのは、まもりが挙げたような耐寒性があって生育の早い、葉物の野菜ばかりである。

まもりは頭につけたヘッドライトを、くいと持ち上げた。

「うちの実家じゃ、お蕎麦のかき揚げって言ったら、三つ葉に小エビが相場だったんですが」

「だが正月の雑煮に、三つ葉は欠かせないだろう。茹《ゆ》でた小松菜も是非入れたい。ここでかき揚げに大量消費させるわけにはいかないだろ」

「もうおとなしくスーパー行って、買ってくればいいんですけどね。足りないなら」

「高いだろ、三つ葉」

すでに市場が閉まっているから仕方ないのだが、さすがの年末価格で手が出なかった。

小松菜もである。

「ただ高いだけならともかく、あの鮮度であの値段は許せん……」

「なら葉二さん。けっきょく春菊以外にないって話じゃないですか」

「そうだな。春菊使おう」

悩むだけ無駄だった。まもりはぶつぶつとぼやいてしまった。

発泡スチロールと寒冷紗《かんれいしゃ》で保温したプランターから、春菊の株を収穫する。

「うー、寒っ」

「さっさと戻るぞ」

寒風吹きすさぶベランダから、暖房のきいた室内へ。

部屋の中は鏡餅も飾られ、照明の傘もドアのノブもピカピカで、一日かけて掃除した甲《か》
斐《い》があるというものだ。

「そしてせっかく綺麗《きれい》にしたレンジフードを、早々に揚げ物で汚すわたしたち……」

「そういう運命だ。諦めろ。まずは春菊を洗ってくれ」

「はーい。あと葉二さん、こっちの人参も洗っておいた方がいいですよね」

キッチンの作業台に、新聞紙に包まれたまま置かれた人参がある。まもりが山邑部長か

ら貰ったものである。

お母様の畑で採れたものだそうで、まだ葉もついてぴちぴちだ。仕事納めの時にトイレでゲリラ的に渡された時は、途方にくれたものだが。

「……それにしてもこの人参、面白い色してますよね」

まもりはもう何度目かわからない感想を述べた。

普通の五寸人参よりやや大きくシュッとしたフォルムで、色はキャロットオレンジというよりはブラッドオレンジなのだ。大変赤い。

「本紅金時だよ。もともとそういう色なんだ」

「へー、生まれつき」

「正月料理によく使うよな。今の時期だと、三つ葉や小松菜なんかと一緒に正月価格で売ってるぞ。三倍ぐらいする」

なんと。ブランドのお洋服ではなかったが、季節もののブランド人参様だったのか。

葉二が、話題の本紅金時を一本手に取り、しげしげと眺めた。

「ああいう狭い土地で、この手の付加価値がある伝統野菜を育てるってのは、悪くない選択だよな。にしても、ここでもナス科とアブラナ科は避けてるのか。やるな部長のお袋とやら……」

まだ一度も会ったことがない、山邑部長の母上に向かって、ライバル心とも畏敬の念ともつかないものを燃やしているようだ。

「でも葉二さん。そんなに立派なお野菜なら、伝統に則《のっと》ってお煮染めとか作るべきですかね」

「いやいや。正月だからって、後々余るようなもんは作らねえって決めただろ」

「そうなんですけどね」

葉二の言う通りである。

正月準備をするにあたって、初めからリメイクされることが決まっているようなお節料理は、悲しすぎる。どうせなら好きなものだけ用意しようと、最初の段階で話し合ったのだ。

「俺は、これもかき揚げにしちまおうと思うんだが」

「いいんじゃないでしょうか」

「よし。じゃあ春菊と一緒に洗ってくれ。あとついでにこっちも」

ごろんと渡されたのは、さつまいもだ。中ぐらいのものが一つ。いきなりシンクが賑《にぎ》やかになったが、まとめてじゃぶじゃぶと洗った。

「――できたか？」

「こんなんでいかがでしょう」

「OKよこせ」

無事かっぱらわれた。

「春菊は葉だけむしって使う。さつまいもは、一・五センチ角ぐらいのサイコロ切りにする」

「ふんふん」

「この手のかき揚げは、サイズと火の通りを揃《そろ》えるのが勝利の道だ。ホタテの貝柱も、似たような大きさに切ってやる。これでかき揚げ一回ぶんだ。まもり、蕎麦の準備頼めるか」

「はーい」

素麺《そうめん》の時と同じく、まもりが麺係となった。鍋にお湯を沸かして、二八の蕎麦を茹ではじめる。

隣では葉二が、天ぷら鍋に注いだ油を熱し、小麦粉と冷水を足したボウルから、そっとかき揚げの種を落としているところだ。

（緊張の一瞬）

ひとまとまりの種が、高温の油と反応して、しゅわしゅわと細かな泡に包まれる。質感の異なる三つの具材——ともすればばらばらになりそうなところを箸とお玉で器用にまとめ上げ、離れなくなったところでそっと手を離す。繊細な作業だ。

まもりには無理そうな芸当なので、せっせと麺を茹でる人になろうと思う。

「——よし。第一弾は全部揚がったぞ」

やがて葉二が、菜箸を片手に息をついた。

バットの網の上には、春菊の緑も鮮やかな、さつまいもとホタテ貝柱のかき揚げが揚がっていた。大晦日《おおみそか》というより、クリスマスリースを量産したような愛らしさだ。

「……あれ、葉二さん。金時人参《にんじん》は、けっきょく入れなかったんですか」

「そっちはいいんだよ。葉の方をざく切りにして、本体は拍子切りにでもすりゃ、充分第二弾の具になるだろ」

「え。せこっ」

「言ってろ言ってろ」

葉二は有言実行の男で、本当に皮もろくにむかずに仕上げた人参&人参葉を、空いたばかりのボウルに放り込んでしまった。粉と水少々を足して、天ぷら鍋でしゅわしゅわと揚げている。

「……うわ、ほんとに普通のかき揚げに見える」

茹でた蕎麦の湯切りをしながら、まもりは半分呆《あき》れ気味に呟《つぶや》いた。

鍋から揚がってきたものは、一見して赤と緑の彩り豊かな、具沢山かき揚げに見えるのだからまた憎い。実際は徹頭徹尾、人参しか使っていないのだが。

「うまそうだろ？」

「そーですね……」

「それはそうとまもり。蕎麦はできたか？」

「はーい。こちらももうできますよ」

シンクで湯切りをした蕎麦を、二つ並べたドンブリに分け入れ、温めためんつゆをそれぞれ注ぐ。

「ＯＫ！」

「かき揚げもＯＫ。よし、冷める前に食うぞ」

是非もないのだ。

細かい後片付けはひとまず横に置いておいて、最優先で食べなければならない食品の２トップが麺類と揚げ物だろう。かき揚げと蕎麦が組み合わさったかき揚げ蕎麦は、よりスピードが要求されるというものだ。

「早く、早く。伸びちゃう冷めちゃう」

食卓の金属バットには、二種類のかき揚げが、からりと揚がって並べてある。

(おつゆたっぷりのお蕎麦に、かき揚げをどぼんして)

ああ、多少作るのが面倒くさかろうが、幸せな年末の味よ。今こそ堪能《たんのう》しよう。

「いただきまーす」

まずはつゆが染みる前のサクサク揚げを、早めにいただくことにした。

「……あっつ」

「落ち着いて食えって」

「うんうん、さつまいもがすっごい甘い!」

なんと言っても、バランスが良い。

芋のほくほくした甘さが全面に出つつ、ベースの春菊が独特のほろ苦さで締めてくれる。そして嚙《か》めば嚙むほど味が出てくるのが、ホタテの貝柱だ。トータルで息の長い組み合わせを考えるのが、かき揚げの妙なのかもしれない。

ここにめんつゆの塩気が染みることで、しょっぱい&甘いの無限ループが始まるのだ。

「このねー、サクサクの衣がだんだんしっとりに変わって、ドンブリの中でほどけてくのがたまらないんですよ」

もちろん合間合間に、蕎麦《そば》をたぐるのを忘れてはいけない。

「今年も終わりか。色々あったな」

「金時人参のかき揚げもあまーい。七味かけちゃえ」

「おまえには情緒ってもんがねえのか」

「——葉二さんにだけは！　葉二さんにそれだけは言われたくなかったです！」

かなりショックを受けた。あんまりだと思った。

年越し蕎麦を食べてしまうと、大量に出た洗い物を片付けるのと一緒に、初日の出を見に行く準備も始めた。

「……ええと。確かこんなぐらいでしたよね、お店だと」

「ああ、毎度適当だし大丈夫だろ」

投げやりな台詞《せりふ》を受けながら、まもりは缶詰のココナッツミルクを、小鍋にあけている。

冬場のココナッツミルクは、寒さで固まってしまっている場合が多い。今回も餅状の部分と水状の部分に分離してしまっていたので、ヘラで混ぜつつ綺麗にこそげ出す必要があった。

鍋の中には、すでに倍量の牛乳が入っているので、このまま中火にかけてしまう。

「さつまいも、切って軽くレンチンしておいてくれますか」

「了解」

かき揚げに使わなかったぶんを、葉二に皮をむいて加熱してもらう。こちらもだいたい一・五センチ角の、小さめカットだ。

(で、お鍋のミルク勢がふつふつし始めたら、ちょっと火を弱めて、投入するのがこれなわけですよ)

本日二個目の缶詰。南国トロピカルから一気にジャパンへ舵《かじ》を切る、『十勝《とかち》産大納言ゆで小豆』缶である。

部屋にココナッツなエスニック臭がただよっていようが、構わずどぼんと入れてしまう。

「焦げつかせるなよ。温めるだけでいいからな」

「わかってますよ」

なかなかチェックが厳しい。

まもりたちが作っているのは、ココナッツミルク味の中華風お汁粉である。

シンガポールのチャイナタウンで食べたデザートが、それはもう大変おいしかったので、日本に帰ってからもたまに作って楽しんでいるのである。

(まあ見よう見まねだけどさ。今のところ近いからいいよね)

小豆を入れた小鍋が温まったところで、塩をひとつまみ。カットしたさつまいもも追加し、柔らかくなるまで煮ればできあがりだ。

「これをー、熱いうちにスープジャーに入れてしまいまーす」

日頃のお弁当にも使う、広口の保温ポット二つに注ぎ、蓋をする。

「よし、できた」

「そろそろでかけるぞ。できるだけ着込めるようにしとけよ」

時刻はすでに、深夜の時間帯だった。六甲山のご来光スポットは、ケーブルカーではなく車で行くつもりだが、夜明けまでは駐車場で車中泊になるのだそうだ。

車の荷室スペースには、防寒用の断熱アルミシートと、キャンプ用の寝袋も積みこんだ。

「……なんかどきどきするな。車の中で寝るのって、初めてかも」

「寝られりゃいいけどな」

そんなに厳しいのか。カイロは多めに持ってきたが、足りるだろうか。

運転席と助手席に乗り込んで、ライトを付けたＳＵＶが、深夜の住宅街を走りだす。行き先は、坂の上の六甲山だ。

余計なものが何もない空は、いつもより星がはっきり見えた。

「──さて」

葉二が言って、シートベルトを外す。

たどりついたのは、六甲ガーデンテラスである。六甲山の標高八百九十メートルの場所に位置する公園であり、展望台とレストランもある総合施設だ。

ふだんから神戸《こうべ》の夜景を拝めるビュースポットとして人気があるが、初日の出を拝むのにも利用されているのだ。

建物内の施設の大半は、大晦日の夕方にいったん閉まるが、この日にかぎって駐車場は夜明けまで開いていた。葉二は駐車料金を支払って車を入れ、エリアの一角に駐車したところだ。

「着いたぞ」

「着きましたね」

この時のまもりは、まだ事の次第がよく分かっていなかった。

葉二が腕時計を確認する。

「日の出の時間は、朝の七時頃だそうだ。長時間のアイドリングは危ねえし禁止されてるんで、この暖房がついてるのもあとわずかと思え。建物の中で暖を取りたかったら、一軒だけ終夜営業やってるカフェレストランがある。ただし当然だけど、そこで寝られるわけじゃねえ」

「……そ、そうですよね。お店ですし」

「あとはそのへん歩き回って体温を上げるのもいいが、俺としちゃできれば車の中で温存したいとこだな」

「そうですね。寒そう……ですもんね」

まもりはちらりと、窓の外を見た。

確かに外には、百万ドルだという夜景を眺めて楽しんでいる人もいるだろう。

しかし今は夜で、厳寒期で、さらに山の上の気温なのだ。『クソ寒い』どころの話ではないのは確かである。

夜景だけなら、前にも見た。

「寝過ごすのも嫌ですし、寝ましょうか」

「今のうちに仮眠取っとけ」

ばたばたと、車内のシートが全て倒されフラットになる。断熱シートを敷いて、寝袋も広げて、中に収まった。

「はは。キャンプだ、キャンプだ」

「エンジン切るぞ」

暖房もなくなり、車内のライトも消した。視界が真っ暗になる。

冬季キャンプ用の寝袋は、ダウンたっぷりで想像以上に暖かかった。眠気はまだ訪れていなかったが、このぶんならすぐ寝られるような気がする。

「実はうちの布団で一番上等なんじゃないですか、これ」

「寝言は寝て言え」

隣にいるであろう人に向けて、おやすみなさいと呟いた。

＊＊＊

（……いってえ）

葉二が明け方に目を覚ましたのは、寒さがどうと言うより、全身のこわばりだった。

寝袋に収まったまま、無理矢理腕時計を見ると、午前五時だった。日の出にはまだだいぶ時間がある。

やはりろくに寝返りも打てない車内環境は、熟睡にはむいていないのかもしれない。葉二は眼鏡をかけて、上半身を起こした。

（……んでも、こいつは寝てるんだよな。また気持ちよさそうに）

隣で寝袋にくるまる妻からは、ひたすら安定した寝息が聞こえてくる。

考えてみれば葉二がまもりの年の頃は、新卒でこき使われて事務所で椅子寝だの床寝だのを、平気でやっていたのだ。夜はたぶん空調も切られていた。

まさしく若さによるごり押しというやつで、三十半ばになろうとしている今の葉二に、同じことをしろと言われても無理だろうという自覚はある。徹夜の疲れも、前ほど簡単には抜けなくなった気はするし。

ただし今の葉二は、環境を自分で作れる側の人間になっていた。

（……やっぱ俺の事務所で、完徹は悪だわ。何があろうが絶対家の布団で寝かせるぞ）

久しぶりの寝袋の感触に、今後の決意を新たにするのだった。

寝袋から体が出ていると、窓枠からひやりと冷気が染みてくるのがわかる。

葉二は手探りでトートバッグを引き寄せると、専用の保温バッグに収まったスープジャーを取り出した。

ジャーの蓋を開けると、まだ温かい汁粉から、小さく湯気が上がった。

このまま飲んでも良いが、この温度ならトッピングで餅を入れても平気だろう。そう思って、また荷物をごそごそとあさる。取り出したのは、鍋の時などに使う、薄くスライスされたしゃぶしゃぶ餅だ。

（こいつのいいところは、薄いからすぐに柔らかくなることだよな）

スープジャーに後入れでも、充分食べられる。

汁粉に薄い餅を千切って突っ込み、スプーンでかき混ぜながら、中身を食べる。

ココナッツミルクと甘い小豆の相性は、意外にも抜群で、調理時に入れた少々の塩が、甘味処《どころ》で出される塩昆布のように全体を引き締めてくれていた。

具のさつまいもも、柔らかく煮えているようだ。安いくせに栗《くり》ぜんざいなみの満足度。

材料があれば、カボチャを入れてもいい。今は冬なので餅にしているが、かわりに白玉やタピオカを入れて、冷やして食べても美味である。

「……あれ、なんかいい匂いする。だれ？　ずるい」

寝袋のまもりが、身じろぎをしながら言った。

「匂いだけで起きるって、本当にあるんだな。すげえわ」

「人を食い意地の女王みたいに言わないでくださいよ……あー、やっぱり一人でお汁粉食べちゃってるんだ」

まもりが起き上がる。女王様と言わずとも、充分人並み以上のものを持っていると思う。

「おまえのぶんもあるんだから、そっち食えよ」

葉二は車内の照明をつけた。

「ほら、餅も入れてやるから」

「へへへ。お願いします」

まもりが蓋を開けたスープジャーを差し出すので、そこにしゃぶしゃぶ餅を入れてやった。

彼女は大事そうにスプーンでかき回し、一口食べると口元をゆるめる。

「あったかい。あまい」

寝癖が鳥のトサカのように上を向いているし、色気のへったくれもない格好だったが、葉二は嬉《うれ》しそうにしているまもりを見るのが好きだった。

しかもまもりの場合、自分から嬉しくなる要素を見つけてくるのがとてもうまい。あれが可愛《かわい》い、これがおいしい、楽しい好きだと騒がしいぐらいだ。おかげで葉二も、常にいいものを摂取できるという寸法だ。

「……食えるものしか育てない、か」

「は？　なんですって？」

「いや、こっちの話」

四年前の自分に言ってやりたい。おまえが水をやろうとしているその鉢は、少々突飛で言うことも聞かないが、いつも近くで花を咲かせる最高の株になるぞと。

しかも収穫はこの先もずっと続くのだ。

まったくもってお目が高い。

(グッジョブ、ってやつだ)

スタート地点からずいぶんと遠い場所で、彼女と一緒に新しい日の出を待ち続ける。手にはそれぞれ汁粉を持って。そんな未来が、案外すぐそこにあるのだ。

＊＊＊

午前六時半。駐車場から見える空の色が、目に見えて変わり始めた。

黒に近かった紺色が徐々に薄くなり、かわりに東の空から明るく、そして雲の下に淡いピンクが混じりだす。

日の出が近いのだ。

「今のうちに、場所取りに行くぞ」

葉二が言うので、新しいカイロを貼って暖かい格好をして、車の外に出た。

外はきんきんの冷え込みだったが、葉二に手を引かれ、敷地内《しきち》の展望台へ向かった。

高台のテラスは、車中泊で夜を明かした人以外にも、始発のケーブルカーで登ってきた人もいて、それなりに混雑していた。

みなもこもこに着ぶくれて、新年最初の日の出を、そわそわしながら待っている。

ようやく見つけた柵の隙間に、葉二と二人で見物場所を確保した。

「海が見える」

「瀬戸内海《せとないかい》だな」

遮るものがない風が、お互いの髪を強くなぶった。

「あっちの東側のカーブしてる部分が、大阪湾《おおさかわん》。和歌山《わかやま》まで見通せるぞ」

元旦のこの時間でも動き続ける港湾部に、京阪神の都市が、山の上でも光って見えた。

肝心のご来光は、まもりが働く大阪の街のはるか先、紀伊山地《きいさんち》の向こう側からやってくるらしい。

そうこうしているうちにも空は刻一刻と色を変え、雲が動き、特に東の空は夕焼けと見まごうような薔薇色《ばらいろ》に染まる。海と岸のコントラストが強くなる。

（ああ）

（太陽だ）

遠い山の稜線《りょうせん》を越えて、ついに金色の光が産声《うぶごえ》を上げた。

新年最初の太陽。初日の出だ。

歓声を上げる人、写真におさめる人、展望台には様々な人がいた。

まもりは初めてのご来光に言葉をなくし、今にも泣きたいぐらいだった。なんてまぶしいのだろう。

できるかぎり肉眼に焼き付けると、自然に目を閉じ両手を合わせていた。

――あけましておめでとう。

――今年も一年、どうぞよろしくお願いいたします。

葉二がお祈りをするまもりの肩に、ダウンジャケットの腕を回すのがわかった。

――わたしも葉二さんも、元気に笑って暮らせますように。

お願いしたいことは、たぶんそれ以上でも以下でもないのだ。

表がすっかり明るくなり、早めに店を開けたレストラン部門では、正統派のお汁粉や年明けうどんなども振る舞われているようだ。

しかし見るものを見たまもりたちは、車に戻って帰ることにした。

「……車中泊って、寝て起きて、そのまんまですもんね……考えてみたら……」

今、鏡を見たくないかもしれない。きっと色々ぼろぼろのぼさぼさだ。

葉二は葉二で、歩きながら何度も首や肩を回している。

「戻ったら、一回布団で寝直すわ。あんま寝た気がしねえし」

「えっ、葉二さん寝不足なんですか。嫌ですよ居眠り運転とか。帰りはわたしが運転しましょうか」

「いや、いい！　新年早々事故るのはごめんだ！」

駐車場の中まで来て、葉二が失礼なことを言って足を速めた。

まもりも負けずに、スピードを上げた。

「そういう決めつけって、よくないと思うんですが」

「決めつけじゃねえ。素人に、凍結してるかもしれねえ山道運転させられるか」

「なおさら元気な人がやるべきじゃ？」

「つべこべ言うな。はいじゃんけん――」

ぽん！

銀色のSUVの前で、葉二がグーを出した。まもりはとっさにチョキを出していた。

「はい俺の勝ち」

さっそうと、運転席に乗り込まれる。ずるいと思った。

「……人が心配してあげたのに」

「途中で寝るほどやばくはないって」

ぼやきながら助手席のシートベルトを締めるまもりの顔を、向こうがあらためて見つめてきた。

「お気持ちだけ、ありがたく受け取っておきますよ奥さん」

「……ま、いいんですけどね。安全運転してくれれば」

「ゴーホーム。自宅に帰る」

出発進行。エンジンがかかり、車は朝日に包まれる山中の駐車場を走り出す。

来た時と逆の順番をたどって、二人が暮らす家へと向かうのだ。

エピローグ　Every day is an amazing day.

「まもりー」

キッチンに立つ葉二《ようじ》が、食卓の準備をしているまもりを呼んだ。

「悪いがベランダ行って、三つ葉と小松菜収穫してきてくれるか」

「はーい、ちょっと待ってくださいよ」

まもりはキッチンバサミとザルを用意すると、その足でベランダに出た。

寒冷紗《かんれいしゃ》と支柱で作ったトンネル越しに、冬の短い日差しを浴びる野菜たちが、プランターで一つずつ。どちらも虫にもやられず病気にもならず、葉がぴんと張って元気そのものだ。

（よしよし）

まもりはうなずき、根元から収穫して室内に戻った。

「終わりましたよー。こんなもんでいかがでしょう」

「ＯＫ。どっちも洗って、小松菜はそこの鍋でさっと茹《ゆ》でといてくれるか」

相変わらず人使いが荒い。

その葉二はと言えば、いちょう切りにした大根と、飾り切りにした金時人参《にんじん》を茹で終えて、今は鶏の胸肉をそぎ切りにしているところだった。

金時人参の赤いお花は可愛らしいが、作業台は出番待ちの材料が色々置いてあって、少々ごちゃごちゃしていた。

「……なんか大変そうですね」

「まあな。ただのすまし汁に、餅と肉と野菜をちょろっと入れればいいだけだと思ってたのによ。どれもこれも別口で下茹《したゆ》でするって、ちゃんと作ると意外と面倒だな雑煮は」

「伝統和食の罠《わな》ですねー」

「小松菜茹でたら、お湯残しといてくれるか。それでこの肉、茹でちまうわ」

はいはい。面倒くさがりの合理主義者が、ついに短気を起こしたようだ。

収穫した小松菜は、雑煮に入れる青菜用なので、量はそれほど多くない。洗ってお湯にくぐらせるように湯通しし、菜箸でザルに引き上げた。その残り湯で、葉二が鶏肉《とりにく》を軽く茹でる。

「よし。ここまで来たらすまし汁に移るぞ。鍋に水、和風だし、で着火」

ガスの火をつけて、沸騰してきたら醤油《しょうゆ》と塩を入れ、さらに別口で下茹でしてきた、大根と人参と鶏肉を入れて温める。

「お雑煮って言っても、その土地で色々ですよね。桃《もも》さんのお家《うち》は、白味噌《しろみそ》に丸餅のお雑煮だって言ってました」

「京都《きょうと》か大阪《おおさか》か？　神戸《こうべ》だと穴子入れたりするらしいな」

「えっ、あのスーパーで売ってた白焼き、お雑煮用だったんですか」

「そうらしいぞ」

知らなかった。てっきり大晦日《おおみそか》の、天ぷらの具にでもするのかと思っていた。

「とは言っても、今さら白味噌も丸餅も穴子も用意できるわけじゃねえから、このまんま行くぞ。次は椀《わん》の用意だ」

汁椀《しるわん》二つに、茹でた小松菜、紅白のかまぼこを入れる。そこに、具の入ったすまし汁をそっと注いだ。

「まもり、トースターで餅焼いてるから、出しておいてくれるか？」

「へ？　お餅ですか？」

「そろそろ焼けてるだろ」

言われてオーブントースターを振り返ったまもりは——絶叫した。

「いやあああ、燃えてるううう！」

午前十時。ご来光明けのブランチは、元旦らしいお雑煮と、お節料理でいただきますとなった。

「お餅は、焦げましたけど……」

「……できるかぎり焦げは取っただろ」

「そうですね……」

まもりは正月用にわざわざ買った、紅白の箸袋に入った祝い箸を手に取った。そのまま雑煮の澄んだつゆに、覚悟を決めて口をつける。

（……これは――）

まず後のせした刻み三つ葉の、青々とした清冽《せいれつ》な香りが鼻孔をくすぐった後――。

「ものすごく香ばしい味……苦みばしったアロマとコク……」

「雑煮の感想じゃねえなもう」

「すいません、つい」

まもりは謝った。

別に食べられないわけではないのだが、削った後にもわずかに残った炭の味が気になってしまうのだ。

なまじっか下ごしらえを丁寧にし、繊細なすまし汁仕立てなのが、悲劇と言えば悲劇なのかもしれない。

葉二も自分の雑煮に箸をつけて、微妙に顔をしかめている。

「くそ。来年は覚えてろよ」

「次はお餅専用の、見張り番を付けましょうね」

「いっそ白味噌とか穴子のやつにチャレンジしてみるか」

早々に来年の雑煮の話などして、鬼に笑われるかもしれない。でも、あたりまえに『次』の話ができるのが、家族になった特権のような気がして、嬉《うれ》しくもあった。

鬼さんこちら。笑われるのなら、一緒に笑おう。

「……にしても。おまえが担当した段のお節、なんかおかしくないか？　なんできんとんがさつまいもサラダで、エビがことごとくフライになってるんだよ」

「お芋余ってたんですよ。あと塩焼きより、エビフライの方がおいしくないですか？」

「『腰が曲がるまで長生き』に掛けてんのに、みんな真《ま》っ直《す》ぐじゃねえか」

「最近のおじいちゃんおばあちゃん、みんな姿勢いいじゃないですか」

そして正統派を狙ったお雑煮と違って、重箱のお節の方は、互いに食べたい品だけを厳選して詰めたので、かなり偏って愉快な見た目になっていた。

「葉二さんの段こそ、ローストビーフにチキン唐揚げに豚の角煮って、お肉しか入ってないじゃないですか。お正月関係ないし」

「慶事に肉は普通だろう」

お互いああ言えばこう言うだ。

「ちなみに葉二さん。わたしからも軽く質問が」

「ん？」

「このあとって、初詣とか行きます？　そこの六甲八幡神社《ろっこうやはたじんじゃ》に、お参りしてくるとか」

「あー、もう省略してもいいんじゃねえか？　山の上で、色々拝んできただろう」

「でも破魔矢とおみくじはマストっていうか、外したくないんですよねー」

「だいたいキリスト教式で挙式しといて、初詣とか……」

「それを言ったらおしまいでしょう！」

まもりの日常は葉二の日常で、葉二の日常はまもりの日常だ。

特別な日も一緒。

土に触れ、水をやり、芽が出た枯れたに一喜一憂。おいしいものも食べよう。

たぶん、この賑《にぎ》やかな食卓とベランダの日々は、手を変え品を変え、ずっと続くに違いないのだ。

この作品はフィクションです。実在の人物や団体などとは関係ありません。

まもりと葉二のおいしいベランダ。クッキングレシピ10

中華風 ココナッツ汁粉

材料（1人ぶん）

- **さつまいも**……………………150g
- **牛乳**……………………200ml
- **ココナッツミルク**…………100ml
- **ゆで小豆**……………………200g
- **しゃぶしゃぶ餅**………………2枚
- **塩**……………………1つまみ

1. さつまいもは皮をむき、1.5センチの角切りにする。
耐熱容器に入れて軽くラップをし、1分半加熱する。

2. 小鍋に牛乳とココナッツミルクを入れ、よく混ぜて弱火にかける。
ふつふつとしてきたところでゆで小豆とさつまいもを入れる。

3. さつまいもが柔らかく煮えたら塩で味を調え、各自の器に注ぐ。

4. 千切ったしゃぶしゃぶ餅を入れて、かき混ぜたらできあがり。

一口メモ

まもり：作中のような保温ジャーを使わない場合は、焼いた切り餅でも大丈夫です！

葉二：これは冷やして食ってもうまい

まもり：お餅のかわりにタピオカや白玉入れちゃいましょう！

葉二：それにしても作りまくったよな

まもり：ここまでおつきあい、ありがとうございました！

あとがき

どうもこんにちは。おかげさまで『おいしいベランダ。』も十冊目、無事最終巻にたどりつくことができました。

作品を書くに至ったいきさつについては、二巻のあとがきに詳しく書いた通りです。大きな事件もなければ魔法もあやかしも出てこない、ごく普通の人たちによる生活の話が書きたいと思ってスタートした『おいしいベランダ。』ですが、それでもこれだけのボリュームの物語が綴《つづ》れたという事実に本人が一番びっくりしております。いえ、書くのはものすごく楽しかったのですが、当時の売れ線からもかけ離れていたので、余計な要素は足さずにこのままで行きましょうと推してくれたL文庫編集部、ありのままを楽しんでくださった読者様には感謝の言葉がいくらあっても足りません。本当にありがとうございます。

ただ事件解決を主題には据えない、恋愛の両想《おも》いも人生の通過点にすぎないという話作りにしてしまったため、終わり所をどうするかという問題は常にありました。今回結婚式という、比較的大きいイベントがあった後も、普通に初日の出の話が続いたように、彼らの生活が続いていくのは予想できますし、それこそ二人がお墓に入るまで終わりはないような気もするのです。

お隣さんから家族になり、それぞれ新しい仕事につき、これからしばらくは文庫一冊で盛り上げるまでもない、小さな気づきや成長の積み重ねになるでしょうから（まあ人生長いので、そういう階段で言うなら踊り場的な時期があってもいいと思うのです）、ここでひとまずの本編終了とさせていただきました。

あとそうです、もう一つ大きな理由があったのを忘れておりました。

サブタイトルの数字縛りが……限界でした……！

この後の十一巻とか十二巻なんて、『おいしいベランダ。セブンイレブンはお惣菜《そうざい》がおいしい』とか『おいしいベランダ。ベトナムの十二支には猫がいる』とかそんなサブタイトルしか思いつきません。勘弁してください。

そういうわけで、この先の『なんということはない亜潟《あがた》家の日常』については、サブタイトル縛りなしの番外編としてまとめる予定です。そちらもどうぞお楽しみに。

今回もこの読書が、皆様の『おいしい』時間となりますように。竹岡《たけおか》葉月《はづき》でした。

お便りはこちらまで

〒一〇二—八一七七
富士見L文庫編集部　気付
竹岡葉月（様）宛
おかざきおか（様）宛

富士見Ｌ文庫

おいしいベランダ。
午前《ごぜん》10時《じゅうじ》はあなたとブランチ

竹岡《たけおか》葉月《はづき》

2021年6月15日　初版発行
2024年5月30日　4版発行

発行者　山下直久
発　行　株式会社 KADOKAWA
〒102-8177　東京都千代田区富士見2-13-3
電話　0570-002-301（ナビダイヤル）

印刷所　株式会社 KADOKAWA
製本所　株式会社 KADOKAWA
装丁者　西村弘美

定価はカバーに表示してあります。　◆◇◇

本書の無断複製（コピー、スキャン、デジタル化等）並びに無断複製物の譲渡および配信は、著作権法上での例外を除き禁じられています。また、本書を代行業者等の第三者に依頼して複製する行為は、たとえ個人や家庭内での利用であっても一切認められておりません。

●お問い合わせ
https://www.kadokawa.co.jp/（「お問い合わせ」へお進みください）
※内容によっては、お答えできない場合があります。
※サポートは日本国内のみとさせていただきます。
※Japanese text only

ISBN 978-4-04-073801-7 C0193
©Hazuki Takeoka 2021　Printed in Japan

わたしの幸せな結婚

著／顎木あくみ　イラスト／月岡月穂

この嫁入りは黄泉への誘いか、奇跡の幸運か——

美世は幼い頃に母を亡くし、継母と義母妹に虐げられて育った。十九になったある日、父に嫁入りを命じられる。相手は冷酷無慈悲と噂の若き軍人、清霞。美世にとって、幸せになれるはずもない縁談だったが……？

【シリーズ既刊】1〜4巻

富士見L文庫

龍に恋う
贄の乙女の幸福な身の上

著／**道草家守**　イラスト／**ゆきさめ**

生贄の少女は、幸せな居場所に出会う。

寒空の帝都に放り出されてしまった珠。窮地を救ってくれたのは、不思議な髪色をした男・銀市だった。珠はしばらく従業員として置いてもらうことに。しかし彼の店は特殊で……。秘密を抱える二人のせつなく温かい物語

【シリーズ既刊】 1〜2巻

富士見L文庫

高遠動物病院へようこそ!

著／谷崎 泉　イラスト／ねぎしきょうこ

彼は無愛想で、社会不適合者で、愛情深い獣医さん。

日和は、2年の間だけ姉からあずかった雑種犬「安藤さん」と暮らすことになった。予防接種のために訪れた動物病院で、腕は良いものの対人関係においては社会不適合者で、無愛想な獣医・高遠と出会い…?

【シリーズ既刊】1～3巻

富士見L文庫

鎌倉おやつ処の死に神

著／**谷崎 泉**　イラスト／宝井理人

命を与える死に神の優しい物語

鎌倉には死に神がいる。命を奪い、それを他人に施すことができる死に神が。「私は死んでもいいんです。だから私の寿命を母に与えて」命を賭してでも叶えたい悲痛な願いに寄り添うことを選んだ、哀しい死に神の物語。

【シリーズ既刊】全3巻

富士見L文庫

花街の用心棒

著／深海 亮　イラスト／きのこ姫

腕利きの女用心棒、後宮で妃を守る！（そして養父の借金完済を目指します！）

雪花は養父の借金完済を目標に、腕利きの女用心棒として働いていた。しかし美貌の若き大貴族・紅志輝の「後宮で貴妃の護衛をしろ」との拒否権のない依頼により、否応なく暗殺騒ぎと宮廷の秘密に迫ることになり——。

【シリーズ既刊】1〜2巻

富士見L文庫

江戸の花魁と入れ替わったので、花街の頂点を目指してみる

著／七沢ゆきの　イラスト／ファジョボレ

歴史好きキャバ嬢、伝説の花魁となる——!

歴史好きなキャバ嬢だった杏奈は、目覚めると花魁·山吹に成り代わっていた。彼女は現代に戻れない覚悟とともに、花魁の頂点になることを決心する。しかし直後に客からの贈り物が汚損され……。山吹花魁の伝説開幕!

富士見L文庫

平安後宮の薄紅姫

著／**遠藤 遼**　イラスト／沙月

「平穏に読書したいだけなのに！」
読書中毒の女房が宮廷の怪異と謎に挑む

普段は名もなき女房として後宮に勤める「薄紅の姫」。物語を愛しすぎる彼女は、言葉巧みな晴明の孫にモノで釣られては宮廷の謎解きにかり出され……。「また謎の相談ですか？　私は読書に集中したいのです！」

【シリーズ既刊】 1～2巻

富士見L文庫

平安あかしあやかし陰陽師

著／遠藤 遼　イラスト／沙月

彼こそが、安倍晴明の歴史に隠れし師匠！

安倍晴明の師匠にも関わらず、歴史に隠れた陰陽師——賀茂光栄。若き彼の元へ持ち込まれた相談は「大木の内部だけが燃えさかる地獄の入り口を見た」というもので……？ 美貌の陰陽師による華麗なる宮廷絵巻、開幕！

【シリーズ既刊】 1〜3巻

富士見L文庫

雪花妃伝
～藍帝後宮始末記～

著／都月きく音　イラスト／伊東七つ生

冷遇ののち舞い戻された後宮で、
若き王后は王子の死の真実を探る。

いずれ王を害すると託宣を受けた少女・鈴雪。しかし彼女は王后とされ、後宮を追われ——。離宮で知性と美しさを備え十九に成長した鈴雪は、ある噂の払拭と、王の継子連続死の真実を探るため再び後宮へ連れ戻される。

【シリーズ既刊】1～2巻

富士見L文庫

かくりよの宿飯

著／友麻 碧　イラスト／Laruha

あやかしが経営する宿に「嫁入り」することになった女子大生の細腕奮闘記！

祖父の借金のかたに、かくりよにある妖怪たちの宿「天神屋」へと連れてこられた女子大生・葵。宿の大旦那である鬼への嫁入りを回避するため、彼女は得意の料理の腕前を武器に、働いて借金を返そうとするが……？

【シリーズ既刊】1～11巻

富士見L文庫